ふたりの文化祭

藤野恵美

角川文庫
21440

1

誰かと誰かが、つきあっているらしい。

そういう噂はなんとなく耳に入ってくる。

高校一年の夏休みが終わり、急にカップルが増えた。自分よりもあきらかにモテないであろうと思っていた男に彼女ができたとかいう話を聞くと、ちょっと焦ったりもする。

そろそろ、俺も彼女のひとりくらい、作るべきか。

でも、女子とつきあうのとか、面倒くさいんだよな……。

そんなことを思いながら、通学電車に乗り込む。朝のこの時間帯はわりと混雑しているが、たまたま席が空いていたので、座ることができた。イヤホンから流れてくる音楽を聴いているうちに、電車は次の駅に着く。

降りるひとはほとんどいない。たくさんのひとが乗り込んできたのだが、そのうちのひとりの女性が、ふと目にとまった。

鞄につけられたピンク色のキーホルダーに、丸っこい文字で「おなかに赤ちゃんがいます」と書かれていることに気づく。

席を譲ったほうがよさそうだ。

しかし、妊婦さんは俺の前を通りすぎ、人混みに押されるようにして車両の奥に進んでいった。

うーん、この距離は微妙に声をかけづらいが……。

妊婦さんのすぐ前には、くたびれたスーツを着た中年サラリーマンが座っている。

中年サラリーマンは生気のない顔で携帯用ゲーム機をいじっており、まったく周囲に関心を向けていない。

しかたねーな。

俺は立ちあがり、イヤホンを外して、妊婦さんに声をかける。

「ここ、座ってください」

下手に遠慮されると気まずいところだったが、妊婦さんはあっさり席に座ってくれた。

俺は車両を移動して、吊り革につかまり、片手でイヤホンをはめ直す。

――カッコつけ。

小学生くらいのころ、そんな悪口をある男子から言われたことがあった。

──女の子には優しくしなさい。

母親からそう徹底的にしつけられていたので、学校でも実践した結果、バレンタインデーにはチョコレートをたくさんもらえるようになった。

走るのが速くて、リレーはつねにアンカーだったことも、モテた理由のひとつだろう。

でも、男子でつるんでいるほうが楽しいし、女子に好かれたところで、だからどうだということもなかった。

動物園のパンダみたいなものだ。

人気者であり、注目の的。女子たちは遠巻きにしながら、きゃっきゃと楽しそうにしており、俺はその期待を裏切らないよう精々努めるしかない。

幸い、男子で仲のいいやつも多かったし、教室内においては女子のほうが発言力が強くて、一部の男子にひがまれたところでまったく害はなかったので、俺はそのまま自分のやり方を貫くことにした。

ひとに親切にすることを恥ずかしいと思ってなにもできないなんて、そのほうが自意識過剰で恥ずかしい。

電車を降りて、改札へと向かう。

前を歩いている女子も、神丘（かみおか）高校の制服を着ていた。

俺が定期券の入っている財布を手にしたタイミングで、その女子も肩から下げた鞄からパスケースを取り出す。

その女子の鞄から、なにか落ちた。

本？

だが、その女子は落とし物に気づかず、改札を抜けていく。

足もとに落ちている本を拾いあげる。

文庫本のようだが、ブックカバーがかけられているのでタイトルはわからない。

さっきの……おなじクラスの女子だったよな。

三つ編みで眼鏡をかけた地味な女子。

名前は……ええーと……。

ああ、八王寺(はちおうじ)だ。

どうにか記憶をたぐって、その女子に関する情報を引きだす。

八王寺あや。

何度か、うちのクラスにいる美少女の結城(ゆうき)あおいと話しているのを見たことがあった。

結城あおいのことを考えた途端、ぞくぞくするような感覚が足もとから上ってくる。

つきあうなら、やっぱ、結城あおいだよな……。

さらさらのストレートヘアで、目がぱっちりと大きく、スタイルもよくて、彼女として完璧。

結城あおいのすがたを思い浮かべると、八王寺の印象がどんどん薄れていく。どんな顔だっけ？　まあ、とにかく、眼鏡で三つ編みだ。さっきのは八王寺で間違いないはず。

俺もつづいて改札を抜け、八王寺を追いかけようとしたのだが、三人組の女子がこちらへと近づいてきた。

「あのっ！　すみません！」

近くの女子校の制服を着ていて、三人ともどことなく似た雰囲気だ。

「え？　俺？　なに？」

「これ……」

三人組の女子のうち、髪にカチューシャをつけたひとりが、頬を赤らめながら、手に持った封筒を差しだす。

可憐な縁どりの封筒には「九條潤さまへ」と書いてある。

まちがいなく自分宛のラブレターのようだ。

プライドがくすぐられる一方で、他校の誰かもわからない相手が、自分の名前を知っていることに、うっすらと気味悪さも感じる。

「ありがとう」

そう笑いかけると、相手はほっとしたような表情を浮かべた。

「でも、ごめん。いまは誰ともつきあう気ないから」

手紙を受け取ってしまうと後々面倒なので、この場で断ることにする。

「気持ちはうれしいんだけど、本当にごめん」

高校への道を歩きながら、少しだけ後ろ髪を引かれた。

ちょっと、もったいなかったかな……。

あの女子には特に興味は引かれなかったが、手紙の内容は気になった。おそらく、そこには俺のどこが素敵だとか、どういうところを好きになったかなど、読むといい気分になれそうなことが書いてあったはずだ。

だが、初めてもらったラブレターならともかく、いまさらおなじような内容の手紙を読んでもそんなにテンションはあがらないだろう。

高校に行けば会えなくなるということで、中学最後の年は本気っぽい告白が多かった。

バレンタインデーにもらったチョコレートの数は、過去最高の十七個。

その気になりさえすれば、いつだって彼女はできると思う。

だが、問題はつきあう相手だ。

選び放題だと羨ましがられることもあるが、チョコレートをもらったからといって、十七人全員と無条件でやれるわけでもない。

そもそも、告白されてもOKしたいような相手がいなかったからこそ、これまで彼女ができなかったのだ。

妥協したくない。

高望みをするわけではないが、それなりに美人で、優しくて、自慢できるような彼女が欲しい。

でも、身近にいる女子なんて、わがままだし、こちらに一方的に理想を押しつけてきて、つきあうのは大変だろうということはわかっているから、どうも乗り気になれなかった。

あえていえば、結城あおいくらいだな。

つきあってもいいと思えるレベルは。

そんなことを考えながら校門をくぐり、部室で着替えたあと、体育館に向かう。

中学時代には毎日朝練があったが、神丘高校の男子バスケ部はあまり熱心ではなく、基本的に放課後しか練習をしない。女子バスケ部のほうが人数が多く、経験者がそろっており、やる気もある。いま朝練をしているのも女子バスケ部だけで、男子バスケ部は誰もいない。中学のころに比べるとぬるくて、拍子抜けというか、物足りない感じだ。

軽く走って、指を一本ずつ丁寧にほぐしたあと、シュート練習を始める。

反復練習は好きだ。おなじことを繰り返すのは苦にならない。ボールがゴールに入ると本能的な快感がある。何度も何度もやっているうちに、自分の体が無意識に動くようになっていく。

「お、九條、今日も来てたのか」

声をかけられ、振り向くと、部長が立っていた。

「休むと調子狂うんで」

「おまえって、真面目だよな。見た目はチャラいくせに」

チャラそうだと思われているとは心外だ。髪型のせいだろうか。前髪、もうちょっと短くしたほうがいいかもしれない。

ちなみに、部長は坊主で色黒のワイルド系だ。自分に惚れている女子をバスケ部のマネージャーとして引っ張ってきておきながら、ほかの女子とつきあっているという鬼畜な所業で、男子からはリスペクトされ、女子の顰蹙を買っている。

ワンマンなところもあるけれど、ディフェンスがうまく、声が大きくて、頼れる先輩だ。

部長とワン・オン・ワンをしたあと、部室に戻って、制服に着替えた。

「九條のクラスって、文化祭、なにするんだ？」

「まだ決まってないです」

神丘高校では、十一月の最初の金曜と土曜に、文化祭が行われる。

「綿菓子の屋台で企画を出していたんですけど、実行委員がプレゼンで負けて、また考え直すことになって」

「模擬店の数は決まっているからな。あと、飲食系は三年生って暗黙のルールみたいなのがあるし」

「やっぱ、そうなんすね。最初から明文化しておいてくれたら、面倒がないのに。それじゃ、一年はなにがいいっすかね？」

「俺らのときは、張りぼての玄関アーチを作ったな。装飾は大変だが、当日は自由にまわれてよかったぞ」

「なるほど。でも、当日になにもしなくていいっていうのも、ちょっと淋しいっすよね」

文化祭には大して思い入れはないが、どうせなら、みんなで盛りあがれることがやりたい。

「ところで、九條、おまえ、ジンクスとかは信じるほうか？」

「トンカツを食べたりはしますが」

　本当に信じているわけではないが、験担ぎのようなものは少し気にする。靴下は左足から履くとか、フリースローの前には目を閉じてボールが吸い込まれるイメージを想像するとか、自分だけの儀式を決めておいて、心の安定をはかるというのは有効な手段だ。

「そういうジンクスっていうか、伝統みたいなのが、文化祭にもあってな」

「はあ」

「神高の文化祭では、毎年、誰が一番かっこいいかを決めるミスターコンテストが行われる」

「ミスターコンテスト？　そんなのがあるんですか？」

「ああ、慣例として、各運動部から一年男子がひとりずつ、そのコンテストに出場することになっているんだ。それで、ミスター神高に選ばれた一年がキャプテンになると、県大会に出場できると言われている」

　県大会に出場するくらいで喜んでいるあたり、うちの部がどれだけ弱小なのかがわかるというものだ。

「今年は期待できると思うんだよな。うちには九條という切り札がある」

　俺の顔をまじまじと見ると、部長はにやりと笑った。

「……強制参加なんすね」

「部長命令だ」

押しの強い部長にそう言われては、断りようもない。

「わかりました。精一杯やってみます」

「よし、それじゃ、推薦用紙に書いておくぞ」

部長はさっそく、アンケート用紙のようなものを取り出して、俺の名前を書いた。

「九條、一組だよな？」

「はい、一年一組、出席番号七番です。そのコンテストって、どういうシステムで選ぶんですか？」

「文化祭のトリを飾るって感じで、候補者がステージの上で特技とか見せて、会場に集まったお客さんの投票によって決めるんだ」

「それって、うちの高校の生徒だけじゃなく、保護者とか招待客も票を入れるってことですよね」

「ああ、知り合いが多いほど有利なところはあるな。おまえはバスケ部の代表として、ほかの部のやつらと戦うわけで、俺たちも各方面に声をかけて、全力でサポートするから」

「頼りにしてます。そんで、ミスコンもあるんすか？」

「いや、残念ながら、男子を対象としたコンテストしかない」

「そんなの、おかしくないっすか」

俺は言ったのだが、部長は肩をすくめただけだった。

ミスターコンテストか……。

どんな勝負であれ、負けるのはイヤだ。

絶対に、優勝しないと。

2

体育館の匂いは、胃が痛くなる。

埃(ほこり)っぽさと汗臭さの混じったような空気を嗅(か)いで、私はいますぐにでも逃げ出したいような気分に襲われた。

今日は、高校に入ってから初めてのバレーボールの授業だ。

光のなかで舞う埃。いつもより響く声。運動が得意な子たちの熱気。ワックスでつやつやと輝く床。ボールの跳ねる音。そして、嫌な記憶と胃痛。

もう夏は終わったはずなのに、湿度が高くて、空気がまとわりついてくるようだ。

あの日も、おなじように蒸し暑かった。

去年の記憶が蘇(よみがえ)る。

受験が近づくにつれて、クラスにはぴりぴりとしたムードが漂うようになった。私は必死で勉強をしていた。なりふり構わず、ひたすら年号を暗記して、英単語を覚え、さまざまなパターンの数学の問題を解いていた。高校入試を突破するために、すべてを費やす日々。

クラスメイトには受験勉強をまったくしない子たちもいた。最初から諦めている子たち。ずっと地元で生きていくのであろう子たち。けれども、私はちがっていた。絶対に、神丘高校に入りたかった。県でもトップクラスの進学校。神高に入らなければ、自分の未来が真っ暗だということはわかっていた。

内申点を稼ぐために保健体育でもいい成績を取りたくて、ペーパーテストは頑張ったものの、実技はどうしようもなかった。

クラス対抗でのバレーボールの試合を控えて、みんなが必死になって練習をしているなか、私はミスを連発した。どんなに懸命に腕を伸ばしても、ボールは私の手をかすりもしなかった。足がもつれ、体育館の床に膝をついた。

そこに、舌打ちが聞こえた。

――だっさ！

――ほんと、サイアク。

――調子乗りすぎじゃない？

——特訓したほうがいいよね！

——うん！　特訓！　特訓！

そして、新しいゲームが始まった。

バレーボールとは、四角いコート内でネットを挟んで相対するチームがボールを打ち合うスポーツであるはずだ。けれども、はたと気づくと、標的をひとり定めて集団でボールをぶつけるというルールに変わっていた。ボールが当たった痛みよりも、みじめさのほうが身にこたえた。無様な私をクラスメイトたちは指さして笑う。活き活きとした表情を浮かべながら、何度も私にボールをぶつけた。

運動音痴は生まれつきだ。

体育の時間は、いつだって苦痛でしかなかった。頭を使うことは苦にならない。けれども、身体能力には自信がない。この十六年間、体を動かすことからは極力逃げてきた。

だから、そう、いまでも……。

きゅっと胸の奥が痛くなる。

条件反射的に、胃痛を感じてしまう。

高校の体育館に立ちながら、私の意識は一時的に中学時代に戻っていたが、ふたたび、現在へと返ってくる。

準備体操が終わると、ふたり組になってパスの練習だ。

体育教師の「はい、ペアを作ってー」という声に、私は鹿島アリサちゃんのすがたを目で探した。

高校に入ってすぐ、自分と似た雰囲気の子を探して、アリサちゃんと親しくなった。たいていの人間が教室という場で行う生存戦略だ。

まずは仲間を見つける。真面目そうで、外見に無頓着で、恋愛市場での価値よりも己の趣味を重視するような女子。

アリサちゃんは、私に負けず劣らず読書家で、運動が苦手なインドア派であり、そばにいて安らげる相手だ。気の合う友人を見つけたことで、なんとか高校生活を平穏に過ごせそうだと安堵したものだった。

そのアリサちゃんのほうに目を向けると、なんと、すでにペアの相手が決まっていた。

アリサちゃんはこれまでまったく話したこともないはずのバレー部の女子と、パス練習をはじめている。

ああ、アリサちゃん、なぜに……。

信じられない気持ちで、私はその場に立ち尽くした。

ペアの相手、どうしよう……。

ひとりぼっちには慣れているとはいえ、高校ではこんな目に遭わずにすむと思っていたのに……。

ショックを受けていたところ、横から声をかけられた。

「八王寺さん、バレーの経験は？」

苺みたいな甘酸っぱい匂いを漂わせ、体操服を着た美少女が、私を見つめている。

結城あおいさん。

中学時代から彼女の存在は知っていた。第二中の結城あおいといえば、可愛い子の代名詞だった。モデルのアルバイトをしているらしいとか、芸能事務所のスカウトが待ち伏せしていたとか、小学生のときに空手の大会で優勝経験があるとか、その噂は友人ネットワークの狭小な私の耳にすら届くほどであった。

短パンからすらりと伸びた足があまりにも美しくて、思わずまじまじと眺めてしまう。これぞ美脚。ほっそりとして、しなやかで、セクシーなおみあし。もし、私が谷崎潤一郎の小説に出てくるような被虐的趣味を持つ男性なら、その足もとに跪いてふくらはぎに頬擦りをして蹴られたい……というようなことを夢想するだろう。って、そんなことを考えている場合ではない！

「まったくの初心者。見てのとおり、運動とは無縁の人生を送ってまいりました」

結城さんの美少女オーラに内心ではどぎまぎしながらも、私は冗談めかした口調で答える。

浮かれていることに、気づかれませんように。

結城さんと話すたび、でれでれしそうになるので、自分を戒める。

「じゃ、あたしと組もう」

白いボールを持って、結城さんは笑いかけてくる。

こんな美人さんが！

私なんかとペアを！

本来なら、私とアリサちゃん、結城さんとバレー部の堀田（ほった）夏歩（かほ）さんという組みあわせが、ポジション的には正しいはずだ。

おなじクラスになったときには、華やかグループの中心的人物である結城さんと、教室内の離れ小島で暮らしているような自分は、なんの接点もないだろうと思っていた。友達になりたいなんて考えるわけもない。畏（おそ）れ多い。

でも、結城さんは気さくな性格で、私にも話しかけてくれた。

貸し出し当番として図書室のカウンターに座っていると、結城さんがやって来て、にこりと微笑み、こう言ったのだ。

――ねえ、八王寺さんって、図書委員をやっているくらいなんだから、小説にくわしいよね？

どぎまぎしながら、私は「ええ、まあ、いちおう、それなりに」と肯定した。

――これは読んでおくべきという恋愛小説の古典的名作を教えてくれない？

結城さんからのリクエストを受け、図書委員の威信にかけてチョイスした。それから何度も、結城さんは図書室に足を運ぶようになり、私たちはちょっとした雑談まで交わす仲になったのだった。

はっきり言って、私は舞いあがってしまった。

だって、自分の好きな本を紹介して、誰かが喜んでくれるなんて、たまらなくうれしい。しかも、結城さんは見つめているだけで目の保養になるような美少女だ。私は同性愛者というわけではないが、美しいものを愛でる喜びは性別を超えたところにあると思う。

「夏歩はね、バレー部員として、自分の愛するスポーツをひとりでも多くの子に楽しんでもらいたいんだよ。だから、もっとも運動の苦手そうな子のところにサポートに行ったというわけ」

私がアリサちゃんたちを見ていたのに気づいて、結城さんは小声で教えてくれた。

黒縁眼鏡に三つ編みおさげがトレードマークの私よりも、ぽっちゃり体型のアリサちゃんのほうが運動神経で劣ると判断されたということか。

私は結城さんに声をかけてもらってうれしいけれど、アリサちゃんはどうだろう。

「じゃ、いくよー」

結城さんは指先でふわりとボールをあげた。

「八王寺さん、文化祭の企画、考えた？」

「ううん、まだ。いっそ、白紙で出したいくらい」

話しながらも、結城さんの手と私の手のあいだを、白いボールがぽーんぽーんと跳ねあがりながら行ったり来たりする。

こんなにもラリーが続くなんて、私にとっては奇跡みたいだ。

「図書委員って、文化祭はなにするの？」

「メインは古本市かな。あと、押し花のしおりを作る予定」

「押し花？　懐かしい。あたしも子供のころ、やったことあるよ。四つ葉のクローバーで作って、友達にプレゼントしたら、すごく喜んでくれて」

結城さんみたいなひとなら、幸運を呼ぶという希少価値のあるアイテムもきっと容易く見つけることができるんだろうな……とか考えてみる。

見目麗しく、文武両道で、ペアがいなくて困っている陰気なクラスメイトに声をかけてくれる優しさの持ち主。

一点突破でひたすら勉強をして人生を切り開こうとしている私とはちがって、結城さんはなにもかもを兼ね備えていて、選り取り見取りなのだろう。もはや、おなじ土俵に立っているとは思えず、嫉妬の気持ちも湧きあがらない。ただただ圧倒され、口をぽかんと開けて、見惚れるばかりだ。

そんなことを考えていたせいで、手をボールの落下点に伸ばしたつもりだったのに、受け損ねてしまった。

「あ、ごめんね」

ミスをしたのはこちらなのに、結城さんは謝ってくれる。

あわててボールを追いかけ、拾いあげたところで、ほかの子たちがある方向を見ていることに気づいた。

みんな動きを止め、水を打ったように静まり返っている。

なに？　どうしたの？

視線が集まっている先には、ひとりの男子がいた。

九條潤くん。

長身痩躯で清潔感あふれる好青年。いわゆるイケメンであり、スポーツ万能。

結城さんが女子ランキングの頂点に君臨しているのだとすれば、男子のトップが彼だろう。

体育館の半分を使って、男子はバスケットボールをしており、九條くんはいま、まさにシュートを決めようとしているところだった。

すっと伸ばした九條くんの手から、ボールが離れ、弧を描く。

張りつめた空気のあと、きゃあっという女子の歓声。

それから、おおっという男子のどよめき。

見事にフリースローを決めた九條くんは、爽やかな笑顔をまき散らしながら、男子たちとハイタッチをしている。

きらきらと輝きを放っているような九條くんに、みんなの視線は釘づけである。そんな彼のすがたがまぶしくて、私は目をそらして、床を見つめた。

天は二物を与えず、なんて言葉があるけれど、嘘つき。そんなこと全然ない。世のなかには全ての項目において初期値が高い人間というものが存在しているのだ。

幼少のみぎりから、九條くんは顔立ちのよさが際立っており、お行儀もよく、特別な存在感のある園児だった。

保育園の先生たちにも、ほかの園児のお母さん方にも、とても可愛がられていた。

そう、私は彼の過去を知っている。

まだ物心もつかないようなころ、おなじ保育園で過ごしていた。小学校に入ってからも何度か遊んだことがあった。だが、次第に疎遠になって、三年生の夏に私の引っ越しが決まったときには、クラスが違っていたこともあり、なにも言わずに去ったのだった。

引っ越したといっても、おなじ市内だ。校区が変わっただけ。でも、小学生が自由に行動できる範囲なんて限られていたので、ずいぶんと遠くに感じて、もう二度と会えないような気がしていた。

だから、高校で再会したときには驚いた。

九條くんだと、ひとめで気づいた。

あ、久しぶりだね、すごく背が高くなって、びっくりしたよ……。

心のなかでそうつぶやいたけれど、実際に声はかけなかった。

教室内で目があったその瞬間に、わかってしまったのだ。

向こうは、私のことなど覚えていない。

まあ、仕方のないことだろう。私なんて取るに足りない人間だ。記憶の片隅に留めておく価値もないことは自覚しているので、殊更にショックを受けたりはしなかった。

べつに初恋の相手だったとか、そういう甘く切ない思い出があるわけでもなく、私のほうも高校で出会うまでは彼のことなどすっかり忘れていたくらいだ。

中学時代だって、一度たりとも、九條くんについて考えたことはなかった。

ほかの友達とおなじ。転校する前に仲が良かった子たちは何人かいたけれども、結局、環境が変わって、連絡を取らなくなると、徐々に心から消えていった。去る者は日々に疎し。ゆく河の流れは絶えずして、しかももとの水にあらず。

たしかに、かっこいい男の子だとは思う。

モテモテ街道まっしぐら。

けれども、私の好みではない。お肌すべすべでつるりとした容姿も、コミュニケーション能力が高くて明るい性格も、まったくもって響いてこないのだ。

なにしろ、私の好みのタイプは、太宰治である。

どうしようもなく繊細で、圧倒的な才能を持ちながらも、弱くて自堕落なダメ人間。

嗚呼、太宰好きすぎる。『女生徒』なんて、読んでいると胸がきゅんきゅんしてたまらない。

クラス一の人気者である九條くんは、そのイケメンぶりがトゥーマッチで、健全な好青年という感じが鼻につく。

あのようなイケメン様に上から目線で失礼な話ではあるが、心のなかではなにを思おうと自由だ。

3

「意見のあるひと、いませんか？」

進行役である文化祭実行委員のふたりが、困り果てた表情で、教室を見まわす。

「えっと、誰か、なにか意見を……」

六限目のロングホームルーム。文化祭の出し物について、二度目の会議。本来なら文化祭に向けての役割分担をしたり、スケジュールを立てたりするはずの時間であるが、うちのクラスはまだなにをやるかすら決まっていない。

担任は教室の隅にいちおう存在しているのだが、神丘高校には生徒の自主性を重んじる気風があり、口を出すつもりはないようだ。そもそも、うちのクラスの担任は影が薄く、頭髪も薄く、聞き取りにくい声でぼそぼそと話して、断トツに眠くなる授業で有名な古典の教師なので、生徒からは空気扱いされている。

挙手する生徒はいない。

誰も発言をしないからこそ、ますます意見を言いづらくなる。

うちのクラスにはお祭り騒ぎが好きなタイプがおらず、文化祭への意気込みに欠けていた。前回の企画会議のときにも、具体的な案が出なくて、重苦しい沈黙のあと、実行委員がたまりかねて口にした「綿菓子の屋台とかは？　作るの簡単だって聞いたけど……」という意見に全員一致で賛成したのだった。だが、その案は本部会議で却下されたらしく、もう一度、最初から考え直しとなった。

「なんでもいいので、やりたいことがあったら、どんどん言ってください」

誰もが壇上の実行委員から目をそらすようにして、教室内には気まずい空気が流れる。

四月のはじめに委員決めをしたとき、男子の田淵のほうは自分から立候補したが、女子は立候補者がおらず、最終的にはジャンケンで決めることになった。そして、負けたのは森せつなという女子だった。

内気そうな森せつなは、やはり、率先して物事を進めていくのが苦手なようで、見ていて痛々しいほどだ。

森せつなは弱りきった様子で、担任に視線を向けた。しかし、担任は顔すらあげない。あのおっさん、居眠りしてんじゃないのか？

「えっと、いちおう、いま出ている意見は、仮装行列とダンスなのですが……」

消え入りそうな声で言って、森せつなは黒板のほうを振り向く。

前回の会議では積極的に意見を言うひとがいなかったので、今回は事前にアンケート用紙を配って、なにか案を書いておくことになっていた。

ホームルームの最初に、森せつなは丁寧な文字で、アンケート用紙の文字をすべて黒板に書き写した。

その結果、仮装行列が五票、ダンスが三票、なんでもいいが半数以上だった。

さっさと進めたいのなら、多数決で決めればいい。

しかし、回収されたアンケート用紙の一枚に、こんな言葉が書かれていたのだった。

「ダンス、パフォーマンス、仮装行列など、全体主義的な出し物は絶対にイヤです！」

無記名のアンケートなので、誰が書いたのかはわからない。

ただ、クラスにひとり、仮装行列やダンスを嫌がっている人物がいることはあきらかだった。

反対意見を出している人物が特定できれば、説得をしたり、妥協案を考えたりすることも可能かもしれないが、名乗り出ることはないだろう。

ここで仮装行列を支持すれば、確実にクラス内の誰かひとりの恨みを買うことになる。

それがわかっているので、仮装行列の提案者も自分たちの意見を押し通そうとはせず、沈黙を守っている。自分の言い出した企画なら、責任も負わなければならない。誰もそんな面倒な立場にはなりたくないから、いまだに決まらないのだ。

こういう膠着（こうちゃく）状態はイライラするので、代わりに仕切って、さっさと進めてしまいたい気分になる。

「だって、飲食系のお店はできないわけでしょ？」

着席したままで、バレー部の女子たちが言う。

「それで、ダンスとかもなしだったら、ほかになにをすればいいってわけ？」

「だよね。綿菓子屋さんだって、かぶっているクラスがほかにないのにダメだとか、意味わかんない」

「それは三年生が縁日をやるので……。最初に説明したように、基本的に三年生の企画が優先されるということになっています」

まあ、受験生には行事の準備よりもやらなければならないことがあるのだから、当然といえば当然だ。

答えながら、田淵はだんだんと不貞腐(ふてくさ)れたような表情になっていく。

「そろそろ決めないと困るんで。ほかに、なにか案はありませんか？」

田淵はクラスでも一番くらいに背が高く、目立つほうなのだが、前回の模擬店の企画が却下されたことで、すっかりテンションが下がっているようだ。

「これは一組全員の問題なんですから、みんなでちゃんと考えてください」

黒板には、すでに決まった企画、参加団体、使用場所などがいくつか書かれていた。

クラス企画としては、体育館のステージ設営や垂れ幕作りといった校内装飾のほかに、演劇、上映会、クイズ大会、ダンスなど……。脱出ゲームをやるところもあるのか、面白そうだな。部長が言っていたとおり飲食系は三年生ばかりで、しかもジュースや軽食販売など、仕入れて売るだけの店が多い。そのほかに茶道部が茶席、家庭科部がカップケーキ販売と、文化部では食べ物を出すところもある。二日目には軽音楽部の演奏などが体育館ステージで行われ、トリを飾るのが生徒会主催のミスターコンテストとなる。

文化祭なんてクラス企画を適当に手伝っていればいいやと思っていたが、ミスターコンテストに出場することになったので、昼休みにいろいろとリサーチしてみた。

去年の優勝は、空手部の男子だったらしい。ステージ上での瓦割りのパフォーマンスが大受けだったという話を聞いた。

例年通りであれば、ミスターコンテストの出場者は七名。

そして、一組からはバスケ部の俺と、この文化祭実行委員の田淵がテニス部の代表として出ることになっている。

田淵はジュニアでも知られた選手だったらしく、人数の多い女子テニス部とのつながりもあるので、それなりに票を集めるのではないかと予測していた。しかし、この調子では頼りにならない実行委員という印象により、勝手に評判を落として、自滅してくれそうだ。

そんな思惑もあり、傍観していたわけではあるが……。

森せつなって、結構、可愛いんだよな。

なんかこう、守ってあげたくなるタイプというか、いまも人前に出て緊張しているのがありありと伝わってくるが、健気に頑張ろうとしているからこそ、助けてあげたいと思わせるところがある。

女子が困ってると、どうにも見過ごせない。

力になりたいと思ってしまう。

すると、しびれを切らしたように、田淵が口を開いた。

「ほかに意見がなければ、仮装行列で決を採りたいと思います」

あーあ、言っちまった。

教室内に反発するような空気がさざ波のように広がる。

クラスの雰囲気が悪くなるのは望むところではない。

黙って見ているのも、そろそろ限界だ。

そう思って、手を挙げようとしたら、背後から声が聞こえた。

「あの……」

俺より先におずおずと片手を動かしたのは、地味な眼鏡くん、笹川だった。

笹川はクラスでも目立たないほうで、およそ、こういうときにこういう場で発言をするタイプではないので、好奇の視線が集まる。

なんだ？　なにを言い出す気だ？

「その、企画なんだけど……」

笹川の声が、しんっと静まった教室に響く。

「お化け屋敷とか、どうかと思って……」

上擦った声で言うと、笹川は顔を伏せた。

お化け屋敷？

たしかに人気がありそうなネタなのに、ほかのクラスの企画には見当たらなかった。

笹川の提案に対して、森せつなは目を輝かせ、ほっとしたような表情を浮かべる。

だが、田淵はそっけなく、首を横に振った。

「ああ、それは無理です。原則、迷路とお化け屋敷は禁止だそうなんで」

笹川はなにも言い返さないまま、肩を落としている。

おいおい、そこであっさり引き下がるのか。せっかく、突破口を開いたっていうのに。

笹川が沈黙したままなので、俺は椅子から立ちあがった。

「いいな！　お化け屋敷、すげえ面白そう。なんで、禁止なわけ？」

「危険だからです」

「それなら、危なくないように工夫すればいいんじゃね。脱出ゲームをするところもあるみたいだし、原則ってことは、やりようによっては企画は通るってことだろ」

立ちあがった姿勢のまま、田淵から視線をはずし、教室をぐるりと見まわす。

明るく、楽しく。わくわくしていることがまわりにも伝われば、自然と流れはこちらに向くはずだ。

「とりあえず、企画を出してみて、ダメ出しされたところは改善していくってのは？　真っ暗にするのがNGなら、本気で怖がらせる方向じゃなく、仮装行列っぽい感じで、お化けを演じるとか。絵の得意な子には看板を描いてもらったりとか、裏方担当も必要だから、いい感じで役割分担もできそうだと思うんだけど、どうかな？」

教室内にざわめきと熱気が広がっていくのを感じる。

あともうひと押しだな。

すると、結城あおいの声が響いた。

「いいね、それ」

その瞬間、場の空気が支配された。

「絶対に盛りあがると思う」

まさに鶴の一声だ。

ほんと、いい女だよなあ、結城あおいって。美人だし、スタイルいいし、気配りもできるし。

「このあいだ、久々に遊園地でお化け屋敷に入ったんだけど、童心に返るっていうか、すごく楽しかった。いいアイディアだと思うな」

結城あおいの言葉に、笹川は顔を赤くしただけで、それ以上、意見を言ったりはしない。

おーい、おまえが言い出したんだろ。もうちょっと発展させろよ。

そして、実行委員である田淵も、ぶすっとした顔で黙っている。

仕方ない。つづけるか。

「ただのお化け屋敷だと普通だから、ひとひねり欲しいよな。先生方が納得するような真面目なテーマがあれば、企画も通りやすいかと……」

「そんなら、九條がやれば？」

口を尖らせながら、田淵が言った。

「九條って、委員とかなんにもやってないんだろ？　じゃあ、俺のかわりに実行委員やってくれよ」

は？　こいつ、なに言ってんだ。

恥ずかしげもなく仏頂面をしている田淵に、俺だけじゃなく、まわりのやつらもドン引きだ。すねてんのか？　ちょっとうまくできないくらいで投げ出すとか、どんだけ精神年齢が低いんだよ。

「いやいや、おまえが実行委員やるって最初に言ったんだろ」

「でも、企画通すのとか、九條のほうがうまくやれそうだし。任せたから」

吐き捨てるように言うと、田淵はすたすたと自分の席に戻ってしまった。

残された森せつなも、啞然としたように立ち尽くしている。

「マジかよ、おい……」

うーん、こうなったら、やるしかないか。

「そんじゃ、お化け屋敷ってことで、賛成のひと、挙手してくださーい」

俺が声をかけると、クラスのほぼ全員が手を挙げた。

「では、反対のひと、挙手してください」

さすがにこの期に及んで反対意見を言う者はいない。

「センセー、そういうことなんすけど」

呼びかけると、担任はがくっと頭を動かしたあと、あわてて目を開けた。絶対、寝てただろ、このおっさん……。

「おお、決まったか？」

「なんか、田淵が実行委員をやめるので、俺がやることに……。あと、企画はお化け屋敷って案でまとまりそうなんですけど、なんで原則禁止なんですか？」

まだ寝ぼけたような声で、担任はもごもご答える。

「そりゃ、あれだ、ほれ、危険だからな。うん、万一のことがあったらいかん。以前、なにか事件があったらしいからな。うちじゃないぞ。よその高校のことだ。でも、まあ、同じ県内の高校で事件があったので、うちも禁止ということになった」

「事件？　不審者とかですか？」

「年頃の男女が暗いところでいっしょになれば触った触らないという問題になりかねん。李下に冠を正さずということだ」

「でも、なんでも規制すればいいってものじゃないですよね？　問題が起きないように、きちんとスタッフが監視できるようにするとか、手は打てると思います」

担任は腕組みをした姿勢で、目をしょぼしょぼさせる。

「まー、そこまで言うなら、やってみなさい、うんうん。最終的な決定権は校長先生にあるが、まずは生徒会を説得できれば、なんとかなるやもしれん」

「はいっ、ありがとうございます！　みんなっ、頑張ろうぜ！」

俺のかけ声に、仲のいいやつらが「おうっ！」と返してくれる。

おっかしいよな。企画を出したの、笹川だろ。実行委員は、田淵だったはずだろ。なのに、なんで、俺、こんなに頑張んなきゃいけないはめになってるんだ？　中学のときには生徒会やって雑務に追われて大変だったから、高校では大人しくしておこうと思ったのに。

時間を大幅にオーバーしていたホームルームが終わり、用事のあるやつらは慌ただしく教室を出て行く。

俺も帰り支度をしていたところ、ちょこちょことした足取りで近づいてきたのは森せつなだった。

「あの、九條くん。……さっきはありがとう」

森せつなは小声でつぶやくと、頬を染めてうつむいた。

おっ？　これは結構、ぐっとくるものがあるぞ。でも、たしか森せつなって、彼氏持ちだよな。べつのクラスの男子が遊びに来ているのを見たことがあった。なので、可愛いけれど、守備範囲外だな。ひとの女には手を出さない主義だ。

「おう、なんか、よくわかんねーけど、実行委員やることになったから、よろしく。いろいろ教えてもらえると助かる」

「こちらこそ、よろしくお願いします。えっと、これが文化祭の資料で、こっちが企画書の予備になるんだけど……」

「サンキュー。企画会議の日って、決まってる？　生徒会に直談判に行ってもよさげ？」

「うちのクラスは遅れちゃってるから、直接、行ったほうがいいかも」

「りょーかい」

ふたりで話していると、結城あおいが声をかけてきた。

「企画、大丈夫そう？　手伝えることがあったら言って」

輝くような笑顔で言いながら、結城あおいは後ろを振り向く。

「言いだしっぺの笹川くんがなんでも協力するから」

結城あおいの背後には、笹川がひっそりと立っていた。

「そんじゃ、結城さんにはダンスと仮装行列で案を出していた女子をそれとなく特定して、うまくお化け屋敷に誘導してもらうっていうか、どういう役ならやりたいかとか、探ってもらえると助かるんだけど」

たぶん、ダンスをやりたがっていたのはバレー部の女子グループで、結城あおいとも仲がいいはずだ。

「決まった以上はうだうだ言わずに参加する子たちだと思うから、そっちは心配いらないんじゃないかな」

「あとはお化け屋敷が禁止になった原因だが……」

「これじゃないか？」

笹川はさっそくネットで調べていたらしく、携帯端末の画面を見せてきた。

県立高校の文化祭のお化け屋敷で強制わいせつ事件。

来場客の男三人が、文化祭に遊びに来ていた他校の女子生徒をお化け屋敷に連れ込み、体を触るなどした疑い……。

最低だな、おい。

うちの高校も、二日目は招待客が参加できるから、こういう問題のある人物が来てしまう可能性はなきにしもあらずか……。

細くて入り組んだ通路は驚かすためにはうってつけだが、死角ができやすい。かといって、会場が電灯で照らされ、広々としたお化け屋敷なんて、ちっとも怖くなさそうだ。

「ま、とにかく企画書、作ってみるとするか」

そんなことを言って、部活に出たあと、家に帰った。そして、鞄に見慣れないものがあるのに気づいた。

本?

ああ、八王寺の落とし物、拾ったんだった。そういや、八王寺っておなじクラスなのに、全然、話さなかったな。

ま、明日でいいか。

4

学校行事はサボることはないけれど、積極的なわけでもない。

昨日のホームルームで行われた文化祭の企画についての話し合いのときだって、私は一言も口を利かなかった。

割り当てられた仕事はきちんとこなす。でも、自分から提案したことなど一度もない。企画のアンケート用紙だって「なんでもいいです」と書いた。

その気持ちに、偽りはない。

もちろん、私にだって、できればやりたくないことはある。けれども、どちらかといえば「仕事がないこと」のほうを恐れている。

みんなが盛りあがり、みんながひとつの目標に向かって団結して、みんなが作業を分担しているのに、自分だけ、やることがないなんて悪夢だ……。

単純作業でもいい。むしろ、目立たない裏方作業のほうがいいから、なにか仕事を割り振ってもらいたい。

「おっはよ！　あやたん！」

校門の前で、アリサちゃんが腕に飛びついてきた。

「おはよう、アリサちゃん。ふわあ、眠い」

「また徹夜で本読んでたの？」

「ううん、真面目に勉学に励んでおりました。ていうか、昨日の帰りの電車でもつづきを読もうと思ったのに、本が見当たらなかったのでござるよ。どっかでなくしちゃったのかも」

「本って、なに？」

「美食倶楽部」

「美味しんぼ？」

「ちがう！　谷崎潤一郎！　種村季弘が編集した作品集！」

「机に忘れてきたんじゃないの？」

「でも、昨日、教室で鞄から出した記憶もないんだよね。行きの電車で読んでたことは確実なんだけど」

「まあ、落としたらやばい本じゃなかっただけ、よかったんじゃない」

「うん、谷崎潤一郎ならぎりぎりセーフだよね？　内容はアレだけど、国語便覧にも載っているような文豪だし」

「最近、あやたん、谷崎ブームだよね。そんなあやたんのために、面白い漫画を持ってきました。はい、貸してあげる。美形の文豪たちがバトルする漫画なの」

　アリサちゃんがブックカバーもつけず、むき出しのまま漫画本を取り出すから、私は焦りながらそれを鞄にしまう。

「ありがと！　あとでゆっくり読ませてもらうね」

　アリサちゃんは自分の趣味が、まわりからどう見られるかについて頓着しない。漫画好きだからって迫害されることはないだろうとは思いつつも、さすがに男同士の恋愛を描いたBL小説をカバーもつけずに堂々と教室で読むような胆力を私は持ち合わせていない。さっき借りた漫画がＢＬかどうかはわからないけれど、アリサちゃんがおすすめしてくれる本の八割方は男同士の素敵な関係が描かれた物語だ。私はアリサちゃんと出会ったことで、その道にどっぷりとはまってしまい、これまで知らなかった禁断の世界で、めくるめくような日々を送っている。

「そういえば、アンケート用紙に仮装行列とかダンスはイヤだって書いたの、アリサちゃんでしょう？」

私の言葉に、アリサちゃんはぺろっと舌を出した。

「ばれた？」

えへへ、と笑うアリサちゃんはキュートだ。目が糸のように細く、頰っぺたがぷっくりと盛りあがり、指先で突きたくなる。

「もう、つんつんしないでよ」

「ごめん、可愛くて」

マシュマロみたいに色白で、ぷにぷにもちもち肌のアリサちゃんは、そのほんわかした外見の印象に反して、気が強い。

やりたくないことは断固拒否して、梃子でも動かないので、はじめは驚いたものだった。

けれども、友達になってみると、意外とこれがつきあいやすいということがわかった。

アリサちゃんは嘘をつかない。

好きなものは、好き。

イヤなものは、イヤ。

そんなアリサちゃんが仲良くしてくれているということは、私のことをウザいとは思っていないということで、建前と本音を使い分けたり、女子同士にありがちな腹の探り合いをする必要がなく、ずいぶんと楽なのだ。

「ねえねえ、あやたん。喉(のど)かわいたよう」

「自販機、寄る？」

「うん！　おしるこ、飲みたい」

「それ、全然、水分補給にならないから！」

そんな会話をしながら、中庭を通り抜けようとしたところ、異様な光景に出くわした。

一眼レフカメラを構えた生徒が、ひとりの男子を激写している。

キメ顔を作っているのは、おなじクラスの九條くんだ。

「ねえ、あれ……」

「なにしてるんだろうね……」

私たちは足をとめて、様子をうかがう。

九條くんはこちらに気づくことなく、かっこいいポーズを取りつづけている。

九條くんが動くたびに、カメラのシャッター音が響き渡る。

カシャ！　カシャ！　カシャ！

「はい、目線、こっちで」

カシャ！　カシャ！　カシャ！

「髪をかきあげてみて」

カシャ！　カシャ！　カシャ！

「笑って！　そう、いい笑顔！」

歩く九條くん。振り返る九條くん。しゃがむ九條くん。ジャンプする九條くん。片手を首にあてる九條くん。自分を抱きしめる九條くん。制服のジャケットを脱いで、小粋(こいき)に肩にかけてみる九條くん。

……なに、このシチュエーション。

撮影会？

俺様写真集でも発売するの？

ナルシストにもほどがあるよね？

どんだけ、自分大好きなの？

うん、イケメンだということは認めるけれど、この状況ではうっとりするどころか、半笑いしか浮かばないわ……。

そのとき、九條くんと目があった。

「あ、八王寺さん！」

名前を呼ばれて、びっくりする。

「ちょうどよかった」

え？　なんで、こっちに近寄って来るの？

すぐそばまで来ると、九條くんは私たちが先ほどから撮影の様子を生あたたかく見ていたことを感じ取ったらしく、はにかみながら事情を説明した。

「文化祭でミスターコンテストに出場することになったから、そのポスター撮りをしろって言われて。ポスター撮影は写真部の展示でもあるから、出場者はみんな協力することになってるんだ」

聞いてもいないのに、言い訳をしている。

いちおう、キメ顔で写真撮影されている現場を目撃されるのは照れくさいという羞恥心はあるのか。

「あのさ、昨日、駅で本を落としただろ？　俺、拾ったんだけど。あとで渡すから。それか、俺の鞄、好きに開けて、持って行ってもらってもいいけど」

なんと！　九條くんがあの本を拾っていたとは！

「それで、悪いと思いつつ、ぱらぱらとめくって、ちょっとだけ中身読んじゃった」

ななな、なに、勝手なことを！

動揺して、なにも言えず、私はただ口をぱくぱくさせる。

「面白いな、あの話。谷崎潤一郎って、変態だよな。ちょうどさ、文化祭の企画のこと考えてて、あの話を読んだら、なんか、いいアイディアを思いついたっていうか」

はい？　なに言ってんの、このひと。『美食倶楽部』って、美食に狂った男が目が見えない状態で女に指で口内をなでくりまわされるような話なんだけど、それが文化祭の企画にどう関係すると……？

「あとさ、八王寺さんって本にくわしいだろ。ふたりの男の子が押入れに閉じこめられるっていう絵本、知ってる？　昔、読んだ記憶があって……」

いきなりの質問に戸惑いつつも、私は浮かんだ本のタイトルを答える。

「『おしいれのぼうけん』？　ねずみばあさんが出てくるやつ」

「あっ、それだ！　ねずみばあさん！　すっげえ不気味だったんだよな」

九條くんはうれしそうな表情になり、はしゃいだ声で言う。

「あれさー、いま考えると、虐待だよな。罰として押入れに閉じこめるとか、ないだろ。でも、怖くて、わくわくして、好きだったんだよな。あの本、うちの図書室にあるかな？」

「どうだろう。絵本だから置いてないかも……」

図書委員として、本を探しているひとを見過ごすわけにはいかない。

「調べてみようか？　うちになくても、ほかの図書館にあれば取り寄せることも可能だし」

「いいのか。マジ、助かる」

「それも、文化祭の企画のため？」

「そう。危なくないお化け屋敷について、思いついたことがあって。あと、そうだ、短めの怪談とかもいろいろ教えてもらえると助かるんだけど。イメージとしては、耳なし芳一みたいな」

「わかった」

うなずきながら、他人を巻きこむのが本当にうまいなあ……と感心する。

はたと気づくと、すっかり彼のペースに乗せられていた。

「企画って、どういうの考えてるの？」

一方的に話を進められるのも面白くないので、こちらからも質問してみる。

「本当に真っ暗なお化け屋敷。なんていうか、結局、一番怖いものって、見せないほうがいいっていうか、想像力に訴えかけるのが最も効果的だと思うんだよな」

「はあ……」

言っていることは、わからなくもない。

というより、わかりすぎるくらいだ。

私がアニメやドラマといった映像作品より活字を愛するのは、まさにその理由ゆえである。

「部屋を暗くすると危ないし、通路を作ると、スタッフの監視も行き届きにくいだろ？　だから、逆転の発想で、部屋にはいくつか明かりをつけておいて、お客さんだけが暗闇を感じるように、目隠しをしてもらうんだ。薄暗い雰囲気のなか、お客さんは目隠しをして、なんにも見えない状態で、円になって座ってもらう。そこで、怪談を朗読したり、生ぬるい風を吹かせたり、不気味な音を流したりして、恐怖を演出するってわけ」

視覚を奪った状態で、想像力によって怖がらせるのか。なかなか、面白そうな企画ではある。

「そんじゃ、またあとで」

写真部員を待たせていることを思い出したらしく、九條くんは足早に撮影へと戻っていく。

「八王寺さんの本、鞄の一番上に入れてあるから」

去り際、わざわざ振り返って九條くんはそう言った。

「本、見つかってよかったね」

となりでアリサちゃんがそう言ってくれたのだが、他人の鞄を開けて、勝手に取り出すとか、私には無理ですから……。

頼まれごとを引き受けたことにより、九條くんとまた話すことになるのだろうと思うと、憂鬱（ゆううつ）なような、億劫（おっくう）なような、よくわからない気持ちになった。

彼とはあまり関わりたくない。

子供のころのことをすっかり忘れてしまったような彼の態度に、微妙に傷ついている自分に気づいて、そんな自意識に嫌悪感をおぼえる。

懐かしい絵本の題名を口にしたことで、私の脳裏にはいつか見た風景が浮かんでいた。

保育園。おはなしのじかん。明るい窓。本棚の上のぬいぐるみたち。高さ順に並んだ絵本の背表紙。園長先生が『おしいれのぼうけん』を読んでいたとき、九條くんはみんなから少し離れたところで、ぶどう組のマリ先生にしがみついていた。

ベテランで迫力のあった園長先生のしわがれた声も、マリ先生の可愛らしいエプロンの柄も、泣きべそをかいていた幼き日の彼のすがたも、私はありありと思い出すことができる。

けれど、あの場にいた私の存在は、彼の記憶の片隅にも残ってはいないのだろう。

5

眠い……。

昨日の夜は企画書作りをしてたから寝不足だ。

あくびをしながら教室に入ると、森せつなを見つけたので、さっそく企画書を渡す。

「おはよう、森さん。これ、いちおう、企画案、作ってみたから」

森せつなは目をまるくして、こちらを見あげる。

「えっ、もう、できたの？」

「企画の狙いと、大まかな予算くらいだけど。とりあえずはこれで生徒会とか先生たちに許可をもらって、細かいところは相談しながらつめていこうと思って」

「わあ、すごい。ありがとう」

企画書に目を通しながら、森せつなは感激したような声で言う。

「『怪談は日本の伝統文化』っていうキャッチコピー、いいね」

「だろ？　文化祭だから、文化的なところをアピールしてみた。椅子に座って、目隠しをしながら、怪談の朗読に耳を澄ますだけだから、安全に配慮した内容だし、これなら企画は通ると思うんだ」

　趣旨の最後には、子供からお年寄りまでいろんなひとに楽しんでもらえる企画です、と自信満々の言葉を入れておいた。

　まだ未定の部分も多いが、企画を通すためにはこれくらいはったりをかましておいてもいいだろう。

「真面目っぽい企画だと思わせるために、あえてお化け屋敷って言葉は使わず、アイマスクで視覚を奪うことで、目の不自由なひとの感覚を体験するっていうコンセプトも入れてみた。朗読する怪談も、古典とか名作みたいなのをチョイスしようと思ってるんだけど、そっちは図書委員の八王寺さんに任せてる」

　そういや、結局、八王寺は落とし物の本を取ってなかったんだよな。あとで渡しに行かないと……。

　ちらりと八王寺の席のほうを見るが、まだ登校していないようだ。

「そんで、こっちがざっくりとした予算案。ふつうのお化け屋敷とちがって、舞台作りにはそんなに予算がかからないだろうから、宣伝部隊の衣装とかにも結構まわせそうかも。アイマスクは百均にもあるみたいだけど、手作りするのもいいかなと思う。当日、接客をやりたくないひとのために、製作の仕事もあったほうがいいだろ」

「うん、そうだね」

「クラス全員にそれぞれ役割があって、みんなで作り上げることができる企画だということも、ちゃんとアピールしてあるから」

「この企画書、完璧だと思う。ほんと、九條くんって、すごいね」

森せつなに尊敬のまなざしで見あげられて、満更でもない気分になる。

まあ、自分でいうのもなんだが、たいていのことはうまくこなせる。前任者である田淵に比べ、有能であろうことは否定しない。

だからといって、わざわざ自分から責任のある役に立候補しようとは思わなかった。

中学時代に生徒会役員をしたことには明確な狙いがあった。内申点に加算されて受験が有利になるという情報を手に入れ、それならやる意味があると判断したのだ。

高校の文化祭実行委員なんてやっても面倒が増えるだけで、得るものは少ない。

今回は実行委員をしたところで、特にメリットもないのだが、まあ、成り行きというか、仕方がない。

その田淵はといえば、我関せずという顔で自分の席に座って、こちらに様子をうかがいに来ることすらなかった。

実行委員は肩代わりしてやったのだから、せめて積極的に手伝おうとしても罰は当たらないと思うのだが、気の利かないやつだ。

「日本のいわゆる怪談っていうやつは、わたしもあんまり知らないんだけど……。海外物の古典的なホラーだと『猿の手』かな。ひたひたと迫りくる感じが朗読に向いてると思う」

森せつなは思案するように、小首を傾げる。

「あとはポーの『黒猫』とか。朗読するんだったら、短めの作品がいいよね」

「へえ、詳しいじゃん」

「実は、ホラー小説とか好きで……」

はにかみながら、森せつなは小声で言う。

ああ、だからか。

ホームルームで積極的に発言するタイプではない地味な笹川が、なぜ、このあいだの会議のときに限っては手を挙げたのか。その理由がいまわかった。

べつに笹川本人がお化け屋敷をやりたいというわけではなく、実行委員である森せつなの得意ジャンルというか、やりやすいような企画を提案したのだろう。

笹川は、森せつなのこと、意識してるっぽいからなあ……。

いわゆる、三角関係ってやつか？　でも、たまにうちのクラスに来ている彼氏と森せつなはラブラブで、笹川はまったく相手にされていなさそうだけど。

森せつなたちのほかにも、最近はいっしょに登下校しているカップルをちらほら見かけるようになった。

　中学時代にもつきあっているやつらはいたが、恋愛ごっこというか、まだまだ遊びみたいなもんだった。背伸びをして、デートの真似事をしているだけというか……。でも、高校に入ってからつきあいだしたやつらって、なんか、本気っぽいんだよな。

「準備期間に必要なのは、舞台セット、小道具、音響、ポスター、それから宣伝部隊の衣装かな？」

　森せつなは自分のノートに企画の趣旨や役割分担などをまとめていく。

「朗読は事前に録音とかしておいて、それを流すようにする？」

「あー、そうだな。そのほうが手間がないよな」

　もう、キスとかしてるんだろうな。

　森せつなのつやつやとしたピンク色のくちびるを見ながら、自分がそこに顔を近づけていくシーンを想像してみる。

　まあ、キスはいいだろう。

　キスはかっこよくできる自信がある。

　でもなあ……。どう考えても、やってる最中に腰を振っている男のすがたは滑稽でしかないというか。いや、そういうときってのは冷静に自分のことを考えたりはしないものなのかもしれないが。

　彼女が欲しい。つきあいたい。やりたい。という気持ちは、人並みにあると思う。

だが、実際に女子とつきあって、セックスをしてみたところで、そんなに大したことないんだろうな……という冷めた気持ちでもいる。

「んー、でも、やっぱ、どうだろ。録音したやつを流すのはラクだけど、ライブ感っていうか、生のほうが盛りあがりそうな気もするな」

俺が言うと、森せつなもうなずいた。

「それも一理あるね。わたしは人前に出たり、声に出して読んだりするのは苦手だから、やり直しができる録音のほうがいいかなと思ったんだけど……。朗読をしてくれそうなひと、心当たりある？」

「放送部とか演劇部？　あ、でも、あっちはあっちで、当日、忙しいか」

そんな会話をしていたら、視界に八王寺が入って来た。

今朝もいつもとおなじ三つ編みで、おなじ眼鏡をかけて、漫画のキャラクターみたいだ。

「ちょっと、ごめん」

森せつなに言い残して、八王寺のほうに声をかける。

「八王寺さん、はい、これ、落とし物」

自分の席に戻って、本を取り出すと、それを八王寺に渡す。

「勝手に鞄から取っていいって言ったのに」

「いやいや、そんな……。ありがとう」

八王寺は本を受け取ると、大事そうに胸元に引き寄せた。

「あ、そうだ。怪談の本とか、取り寄せの手配したから、今日のお昼休みには図書室で貸し出せると思う」

「おう、サンキュ。そんじゃ、あとで行くわー」

それだけ言って、また森せつなのほうへと戻る。

「えっと、なんの話だっけ」

「朗読をどうするかだけど……」

「ここ、企画の肝だよな。やっぱ、絶対にその場で読むほうが臨場感あると思う」

「企画が通ったら、今度のホームルームで役割分担をしないとスケジュールが厳しいんだけど、すんなりと決まるかな」

「事前に根まわしというか、やってくれそうなひとに当たりをつけといたほうがいいよな」

ちょうどそこで、結城あおいと目が合った。

「結城さん、文化祭で怪談を朗読する係、やってくんない？」

「朗読？　なんで、あたしが？」

「声がすごく綺麗(きれい)だから」

真顔で言ったのだが、結城さんは照れ笑いひとつ浮かべない。綺麗とか可愛いとか言われ慣れてるから、べつにうれしくもなんともないって感じか。

「ほかに適任がいるんじゃない？　放送部の子とか」

つれない態度に、俄然、燃えてきた。

文化祭はチャンスだ。せっかく労力を割くんだから、これくらいの役得がないと。

結城あおいを引きこめば、準備やらなんやらで接する機会も増える。

よし、決めた。

文化祭までに結城あおいを落とす。

「放送部も手が足りてないみたいだし、ほかにできそうなひと、いないんだ。頼む」

「怪談って、なに読むの？」

「これから決めるとこ」

「怖さを演出するには、逆に男子の低い声のほうが合うかもよ？」

「でも、やっぱ女子のほうがいいって。幽霊とかも女のひとのイメージ強いだろ」

「だからって、あたしでなくても……」

手強いな。

ふつうに会話をしているのだが、どことなく態度にひややかなものを感じる。

「結城さん、文化祭の企画、できるだけ協力するって言ってなかった？」

「それはあたしじゃなくて、企画提案者である笹川くんが、実行委員である森さんのために、なんでもするからっていうこと」

「でも、結城さんって、部活とか委員もやってないから、当日、わりと時間に余裕あったりしない？　朗読する係はひとりじゃなくて、時間帯を決めて、交代で読むって感じでもいいし。一日目と二日目なら、どっちが空いてる？」

「まだ、やるとは言ってないんだけど」

「じゃ、検討しといて。くわしい内容とか決まったら、また相談するから」

このあたりが引き際か。あんまり強引に進めて、嫌がられたら意味がない。

なんだかんだ言って、結城あおいは責任感が強そうだから、手伝ってくれるだろう。

森せつなのほうへ向き直り、打ち合わせを続ける。

「とりあえず、こんなもんかな」

「うん。九條くんの企画書のおかげで、文化祭、なんとかなりそうっていう気がしてきた」

森せつなは段取りをメモっていたノートを閉じると、俺を見あげた。

「そういえば、九條くんってミスターコンテストに出るんだよね？」

「そうそう。清き一票をよろしく」

「あの、ごめんなさい。わたしの、その……おつきあいしているひとも出場することになったらしくて……」

「え、なに部？」

「サッカー部」

「あー、そっか。じゃあ、そっちに投票するよな」

ああ、そうだ、クラス企画だけじゃなく、ミスターコンテストのほうもいろいろと手を打っておかないと。

当日の自己アピールも、まだなんにも考えてないんだよな。

「そのサッカー部の彼氏、自己アピールでなにするって言ってた？」

敵の情報を探ってみると、森せつなはあっさりとばらしてくれた。

「ピアノを弾くことになって、いま、猛練習中」

「楽器かー。いいなあ、特技のあるやつは。そういや、毎年、歌とか音楽やるやつが多いって、うちの部長も言ってたな」

あと、ネタ要員というか、あきらかに優勝を狙っていないお笑い系のやつは、一発芸でお茶を濁したり……。

「俺、楽器とかなんにもできないし、音感ないんだよな」

「九條くんって、なんでもできそうな感じなのに。歌もうまそう」

「そのプレッシャーが嫌なんだよ。めちゃくちゃ音痴ってわけじゃないんだけど、な

んか変に期待されるから、カラオケとか行っても意外とうまくないんだな……ってい
う微妙な空気がつらくて」
「ああ、そういうの、あるかもしれないね」
俺を見あげて、納得したように森せつなはうなずく。
ひとめ惚れをされたこともあるし、外見で得をすることも多いのだが、第一印象で
高い点数をつけられるということはつまり、次のハードルが高くなるということだ。
ヤンキーみたいな外見のやつが実は優しいことが判明すると、ぐっと評価がアップ
したりするが、俺の場合はその逆パターンになりやすい。感じのいい外見なのだから、
誰にでも優しくて当たり前。見た目はいいのに、中身はがっかり……なんて思われる
のは耐えられない。
「その彼氏、ピアノ歴は長い？　子供のころから習ってたとか？」
「ううん。それが全然やってなかったんだけど、お父さんがプロのピアニストだから
教えてもらって、文化祭までに一曲だけ、完璧に仕上げるんだって」
お父さん、か。
何気なく口にしたであろう森せつなの言葉に、少しだけ胸の奥がざらつく。
うちにはピアノなんてものはない。そして、父親もいない。
「父親がプロのピアニスト？　うわー、それはずるいな」

普段通りの口調でそう言って、自分の席に戻った。

ずるい……。

自分で口にしながら、その響きのみっともなさに苦笑する。

いい年して、なに言ってるんだか。

6

図書室は、私の楽園。

中学生のときも、三年間ずっと、図書委員だった。平素はなるべく目立たないように生きている私ではあるが、図書委員を決めるときだけは果敢に立候補した。幸い、中学時代には図書委員をやりたがる生徒など皆無で、むしろジャンケンに負けて渋々やっているひとが多く、当番もサボりがちで、ほとんど毎日のように私がカウンターに座ることになっていた。

だから、高校でほかにも図書委員に立候補した子がいたときには驚いた。のちに無二の友人となる鹿島アリサちゃんである。ライバル候補者の出現に、あまりにも私が悲愴(ひそう)な表情を浮かべていたからか、アリサちゃんは図書委員の座を譲ってくれた。彼女の「いいって、いいって、全然気にしないで。実は、保健委員と迷ってたから。だって、保健の先生が男なんだよ。もう、たまんないよね。妄想がとまんないよ！」という言葉を聞いて、この子とは仲良くなれると確信した。

図書委員の役得といえば、新刊の情報を真っ先に手に入れられるということ。それから、選書を手伝ったりして、自分が読みたい本を購入してもらうこともできる。けれども、そんな損得勘定で図書委員を務めているわけではない。

本が好きだから。

それがすべて。

私は本というものを愛している。分類番号に従って書架を整え、蔵書を管理して、甲斐甲斐（かいがい）しく世話を焼くことに、えもいわれぬ喜びを見出（みいだ）す。

本に傅（かしず）く下僕。無償の愛。

貸し出し当番としてカウンターで貸し出しの受付をするときには内心で「いってらっしゃいませ」と本たちを送り出す。そして、返却のときには「お帰りなさいませ」と迎えるのだ。

それなのに、大切な本を気づかないうちに落としてしまっていたなんて、なんたる不覚。ちゃんと手元に戻ってきて、本当によかった。ブックカバーに守られたその身をそっと撫（な）でて、私は「ごめんね」と心のなかでつぶやく。

神丘高校に入り、図書委員をするようになって、もっとも驚いたのが、利用者が多いことだった。

　私の通っていた中学校では、大半の生徒が図書室には近づこうともしなかった。本を読む人間なんて、ダサくてイケてない底辺だった。

　いまはちがう。広々とした図書室は静けさを保ちつつも、活気に満ちている。椅子に座って雑誌をめくっている生徒、机いっぱいに参考書を広げて自習をしている生徒、頬杖（ほおづえ）をついて優雅に画集を眺めている生徒、黙々と文庫本を読んでいる生徒、小声でおしゃべりをしながら本棚のあいだをうろうろしている生徒たち……。

　結城さんのような美少女が本を読むのだということも衝撃だった。

「八王寺さん、頼んでいた本って、どれ？」

　九條くんがやって来たので、私は取り置き本のコーナーから、数冊の本を持ってくる。

「あー、これだ、このシーン、怖かったんだよな～」

　九條くんは『おしいれのぼうけん』をぱらぱらとめくりながら、懐かしむように目を細めた。

「結構、字が多くて、長い話だったんだな。細かいところとか、全然覚えてなかったけど」

　実はさっき、私も『おしいれのぼうけん』を読んでみて、おなじことを思った。絵本だと思っていたのだが、意外と文章が多くて、読みごたえがあったのだ。保育園に通っていた当時は自分で読んでいたわけじゃないから、絵にばかり注目していて、文章のほうはまったく気にしていなかったのだろう。

自分に文字が読めないころがあったなんて、改めて考えてみると、不思議な感じだ。

「小泉八雲（こいずみやくも）の『怪談』と上田秋成（うえだあきなり）の『雨月物語』は基本かなと思ったので、用意してみた」

本を並べて説明をすると、九條くんは身を乗り出してきた。

「『雨月物語』は現代語訳がいろいろ出てるけど、これが読みやすいと思う」

「あ、『雨月物語』って、古文でやったことある気がする」

「それから、ちくま文庫で『文豪怪談傑作選』っていうシリーズが出てるから、このアンソロジーから選ぶのもいいんじゃないかなと思って……」

文庫本をどどんとカウンターの上に積み重ねると、九條くんはあきらかに腰が引けた様子だった。

「これ、全部読むのは、ちょっと無理かも。八王寺さんはすでに読破済み？」

「ううん。私も川端康成（かわばたやすなり）と泉鏡花（いずみきょうか）と吉屋信子（よしやのぶこ）の巻しか読んでない」

「そんじゃ、残りも読んで、おすすめのやつだけピックアップして教えてもらえたらうれしいなとか思ったりして」

猫撫で声を出しながら、九條くんはこちらをうかがう。

うわ、こいつ、絶対に自分がカッコイイってこと意識してる。イケメンの俺様が頼めば、どんな女子も言うことを聞くとでも思ってるのか。なんか、いちいち癪（しゃく）に障る。

「は？　なんで私が？」

思わず冷たい声を出すと、九條くんはおかしそうにくすりと笑みを漏らした。

「あ、いまのリアクション。結城さんとおなじだ」

学校一の美少女である結城さんとおなじ反応をしたとは、光栄の至りだ。

「結城さんに朗読の係を頼んだら、冷たく突き放されちゃって。みんな、ひどいよな。文化祭のクラス企画なのに、他人事（ひとごと）みたいで」

肩をすくめて、九條くんはじっとこちらを見つめる。

「八王寺さんも一組の仲間だろ。協力するのは当然のことだと思うんだけど」

朗読の係について、九條くんが話しているけれども、私は余計なことを言わない。

実は、中学生のときの職場体験で地元の図書館に行き、そこで目の不自由なひとのために朗読をする実習をしたことがあった。だが、わざわざ自分から仕事を増やすような情報を開示することもないだろう。

「俺、本とか読むのあんまり速くないし。この二冊は頑張って読むからさ、そっちは頼む。八王寺さん以外に、頼めるひといないんだ」

あくまで九條くんは自分が決めた分しか読まないつもりのようだ。

これ以上、押し問答をしても無駄か。

「期限はいつまで？」

「え？」

「これ、読んで、使えそうな短編を選べばいいんでしょう？」

「そうそう。やる気になってくれた？　よかった。まあ、なるべく早くで頼む」

私は三冊分だけ、貸し出し手続きをする。

「他館の本もあるので、くれぐれも延滞しないように気をつけてください」

取り寄せた絵本は、よそからお預かりした大切なお客様なので、しっかりと釘をさしておく。

どちらにせよ、「文豪怪談傑作選」は読破しようと思っていたから、実際のところはそんなに負担ではないけれども、強引に押しつけられたような感じがするのが気に食わない。

悔しくて、つい、余計な一言を投げかけてしまう。

「九條くんって、子供のころは、怖いの苦手だったよね。『ねないこだれだ』っていう絵本とか、表紙のおばけを見ただけで泣いてたし」

効果はてきめん。

イケメンスマイルの下から、素の顔とでもいうべきものが現れた。

「……なに？　なんで知ってんの？」

整った眉毛がぴくりと動く。

「おなじ保育園だったから」

「え？」

幼少期の知り合いとの再会を喜ぶというよりも、警戒するような表情が浮かんでいる。

「正直、九條くんのことはそんなによくは覚えているわけじゃないんだけど、でも、九條くんのお母さんが、ものすごい美人だったことは記憶に残ってる」

九條くんのお母さんはとても綺麗なひとで、幼心に憧れのような気持ちをかきたてられたものだった。だが、口さがない大人たちの声は、子供の耳にも入ってきた。未婚の母で、恋多き女だということ。

保育園に預けられている子供たちのうちでも、私と九條くんは特にお迎えが遅かった。ほかの子たちがひとり、またひとりと保護者といっしょに帰っていき、さっきまでの騒がしさが嘘のようにひっそりとして、窓の向こうが真っ暗になっても、私と九條くんは保育園にいた。

たいてい、九條くんのお母さんのほうが先だった。私の母親は延長保育の時間が過ぎても迎えに来ないことがあった。

「ちなみに、転校するまでは小学校もおなじだった」

「マジで？」

戸惑いを隠せない様子で、九條くんは首をひねる。

「全然、覚えてないいんだけど。おっかしいなあ。八王寺って珍しい名前だから、印象に残ってそうなのに」

「うち、離婚したから。それで転校したの」

さりげない口調で、私は言う。

親の離婚なんて、いまどき珍しくもない。

「前の名字は鈴木。昔は、鈴木あやだったの」

「そっか。鈴木、すずきあや……」

かつての私の名を繰り返したあと、九條くんは顔をあげた。

「あーっ、思い出した！　あっちゃん！」

九條くんが大きな声をあげたので、私は図書委員として、人差し指を口に当て、静かにするようにというポーズを作る。

「やっとわかった。うん」

声を潜めながら、九條くんは得心がいったようにつぶやく。

「あっちゃん、あがつく、あいうえお、だっけ……。よく歌ってたよな。眼鏡かけてるせいか、印象、全然ちがうな。髪も短くて、いつもズボンで、男子みたいだったし、いまとはまったく別人っていうか、まったく気づかなかった」

まったく別人。

そう言われて、苦い気持ちになる。

「いや、ほんと、変わったよな」

まじまじと見られて、不愉快な気持ちを隠せない。

「子供のころって、もっと、明るいやつだったイメージがあるんだけど」

悪意はこめられていないのであろう言葉が、私の胸にぐさりと突き刺さる。

九條くんに一矢報いるような気持ちで保育園のことについて触れてみたけれど、当時の話題は、思いのほか、自分の心をも揺るがした。

「まあ、それはともかく……」

自分から持ち出した話題ではあったが、雲行きが怪しくなってきたので、本題に戻す。

「朗読する怪談って、およその長さとか、考えてる？」

「いんや、具体的なことは、まだなんも」

どこまでも軽い態度で、九條くんは首を横に振った。

「とりあえず、今日の放課後、企画を通すつもりだから、詳細はそれから。あ、そうだ、さっそく企画書に『怪談』と『雨月物語』のタイトルは入れておこうっと。来週には内容をつめていきたいから、週明けまでに怪談ピックアップしてもらえると助かる」

私が労力を割くのは決定事項のようだ。

「そんじゃ、残りの本、よろしく」

飄々とした態度で、九條くんは去っていく。

その背中が見えなくなった途端、いっしょに貸し出し当番をしていた二年生の原先輩が、待ちかねたように話しかけてきた。

「さっきの、誰？」

「おなじクラスの男子です」

「名前は？」

「九條潤ですけど……」

「彼、文化祭のミスターコンテストに出るよね。今年は粒ぞろいで楽しみだわ。うちらの年なんて、ろくな男子がいなくて、大はずれだったもの」

「はあ……」

そういえば、目をきらきらさせているこの先輩は、某アイドルグループの追っかけをしているらしいと聞いたことがあった。

「それにしても、八王寺さんって、あんなかっこいい男子とも普通に話せてすごいよね」

感嘆するような声で言われ、こちらは目をぱちぱちさせるしかない。

「私だったら、どきどきしまくりだと思う。なのに、八王寺さん、顔色ひとつ変えないから、びっくりしたよ」

「まあ、べつに、なんとも思ってないですから」

原先輩に指摘され、私は自分の気持ちを再認識する。

おそらく、男子に選ばれる立場であることを意識して、好かれたいとか、可愛いと思われたいとか考えていれば、緊張もするのだろう。しかし、私は最初から諦(あきら)めている。自分を飾ったり、よく見せようというつもりがないから、自然体でいられる。

それが幸せなのか不幸なのかはわからないけれど、私はこういう生き方を選んだのだ。

7

今日の夕食は焼肉だ。母親と外で食べることになっていた。

学校を出たあと、そのまま待ち合わせの店に行こうかとも考えたのだが、制服に匂いがつくのは困るので、一旦、家に帰る。

誰もいないマンションの鍵を開け、制服を脱いだついでにシャワーを浴びる。

文化祭の企画についての話し合いはスムーズに進み、無事に許可も出たので、まずはひと安心だ。まあ、準備やらなんやらで大変なのはこれからなのだが……。

さっぱりした気分で私服に着替える。出かける前に、ベランダの洗濯物を取り込む。まだ時間に余裕はあるので、畳むところまでやってしまう。自分の分は自室のクローゼットへ、母親の分は寝室のベッドの上へ。

以前、母親が仕事に追われて家事に手がまわらない時期があり、取り込んだ洗濯物がどんどんソファーの上に積まれていたので、抗議したところ、「文句があるなら自分でやりなさい」と言い返されて、いまに至る。

洗濯物は日が暮れたあとも干していると湿気てしまう。母親の帰宅を待つより、自分で取り込んだほうが合理的ではある。

高校生の息子が母親の下着も取り込んだりするのってどうなんだよ……見たくもねえよ……とか思いつつ、ほかに人材がいない以上、俺がやるしかない。

ふたりきりの家族。協力しなければ、生活が立ち行かなくなる。

玄関の鍵を閉めて、電車を乗り継ぎ、待ち合わせの店へと向かう。

駅ビルの最上階、レストランフロアの一角。店に入ろうとすると、レジの前で黒服の店員にさりげなく制された。

「何人様でしょうか？」

「待ち合わせなんですけど……」

オレンジ色の照明に照らされた店内は洗練された雰囲気で、窓の外には夜景が広がり、金ぴかの牛のオブジェが飾ってあったりして、高級そうな焼肉屋だ。

「潤！」

テーブル席にいた母親が俺に気づいて、片手を振ってみせる。

「こちらでございます」

黒服の店員が仰々しい足取りで、そこまで案内した。

母親のほかに、仕事の関係者らしきひとが五人ほど座っていた。すでに乾杯をしたあとのようで、飲みかけの生ビールやマッコリがそれぞれの前に並んでいる。

母親から「うちの息子」と紹介され、俺はぺこりと頭を下げて「こんばんは」と挨拶をした。

小学校高学年のころは「いつも母がお世話になっております」と言葉を続け、なんと聡い子なのだという感嘆の声を引き出したものだが、あざとく感じるようになり、最近は出しゃばりすぎないようにしている。

「えーっ、先生の息子さん？」

「こんなに大きなお子さんがいらっしゃるなんて、信じられない！」

望み通りのリアクションを得て、母親は得意満面という様子だ。

小学校に入ったあたりから、母親は「よくできた息子」である俺のことを仕事関係の人間に見せびらかすようになった。

キャリアコンサルタントをしている母親にとって、フリーランスで働きながら、子育てをこなしているということは、セールスポイントになるのだろう。

母親は細身のスーツにフリルのついたブラウスを着て、メイクも派手めで、たしかに若く見えるというか、高校生の子供がいるようにはとても思えない。

「まあね、若いころに産んだ子だから」

自分が生まれたときの事情については、雑誌の記事で母親がインタビューに答えているのを読んだことがあった。

妊娠が発覚したが、交際していた男性にはべつに家庭があり、堕胎を迫られたものの、シングルマザーとして子供を育てていく決意をしたこと。実家にも頼れず、幼い子供を抱えながら、資格取得のために猛勉強をした日々……。

母親は自分の仕事のことを「そのひとが自分らしく輝ける職場を見つけるためのお手伝い」と説明していた。

大学で就職活動のアドバイザーをしたり、ビジネスマナー研修などの講師をしたりと、全国各地へ出張することも多く、物心ついたころからひとりで留守番するのが当たり前の生活だった。

「潤くん、こっちにどうぞ」

母親の横に座っていたひとが席をずれてくれたので、俺はそこに入れてもらう。

「息子さん、めちゃくちゃイケメンじゃないですか」

「やっぱり、目元とか似てらっしゃいますね」

自分のことをじろじろと見ている大人たちのことを、こちらも観察する。

年齢もばらばらで、統一感のないメンバーだ。セミナーの生徒さんたちなのだろう。電車などで見かけるサラリーマンは疲れてどんよりとしていることが多いが、母親の仕事関係で会うひとたちは表情豊かで身だしなみにも気を遣っている感じだ。

「なにか飲む？　アルコールはダメよね。まだ未成年なんだから」

積極的に話しかけたり、メニューを見せてくれたりするのは、おばちゃんというと失礼かもしれないが、たぶん自分にも子供がいるのであろう女性だ。

男性はほとんど話しかけてくることはない。たまに関心を見せる人物がいると要注意といったところか。

網の上では、ねぎと塩のまぶされた牛タンがいい感じに焼けていた。レモン汁をつけて食べる。うわ、分厚いのに、やわらかくて簡単に噛み切れる……。それから、骨付きカルビにかじりつく。さすが高そうな店だけあって、感動するほどジューシーな肉だ。

「高校生か。いいなあ」

「若さがまぶしいわ」

骨付きカルビのおいしさに身を震わせていると、雰囲気美人っぽい女性ふたりがそう言って、こちらをまじまじと眺めていた。

「あなたたちだって、つい数年前まで学生だったでしょうに」

母親の言葉に続いて、ほかのメンバーも口を開く。

「僕は社会人になってからのほうがいいですね。やりがいもあるし、お金も自由に使える」

「私も学生のころは暗黒時代で、なんにも楽しいことなかったから、いまのほうがいいな」

「でも、あのころに戻れるものなら、やり直したいですよ。若いときにやっておけばよかったなあってこと、いっぱいあるんで」

太った男性がぼそぼそとした口調で言った。

大人が後悔することって、なんなのだろうか。気になったので、話題に入っていく。

「たとえば、どんなことですか？」

俺が質問すると、そのひとは少し照れくさそうに笑った。

「そうだな、部活とか行事とかを真剣にやっておくべきだったし……。それに、やっぱり、ちゃんと勉強しておけばよかったと思うよ。いい大学に入っておけば、もっとちがう人生を歩めたのかなあって」

すると、母親が明るい声で笑い飛ばすように言う。

「なに言ってるの。これからだって、どんどんチャレンジしていけるんだから。残りの人生では、いまが一番、若いときなのよ」

そんな会話をしているなか、ひとりだけ黙々と肉を焼いている男性がいた。

トングを握り、網の上に隙間ができると、新しい肉を置き、適度なところでひっくり返す。霜降りの肉から脂が滴り落ち、炭火が燃えさかってくると、焼けたものたちを避難させる。

ほかのメンバーは話に夢中で、肉の管理はその男性に任せっきりだ。

「……これ、焼けてるけど」

焦げかけたロースを示して、その男性が俺に言う。しばらく網の隅っこのほうにいて引き取り手のなかったトウモロコシも、ありがたく腹に収める。

「食べたいものがあったら、好きに注文していいから」

このひとが今日の支払い担当なんだろうか……。

渡されたメニューを見つめながら、力関係を探る。

こうしてたまに大人の世界みたいなものを垣間見（かいまみ）ることが、自分の人格形成に影響を与えているのだろう。

母親が、母親ではない顔を見せる場所。

「子育てと仕事の両立って大変だけど、でも、この子がいたから頑張れたっていう部分も大きいのよ」

しみじみとつぶやく母親の言葉に、一同の視線が俺のほうへと集まる。

「人間ってね、追いつめられるほどパワーが湧いてくるの。子供がいるからこそ、集中して効率よく仕事ができるようになったりもするからだいじょうぶ」

子供のことで悩んでいた女性は、母親のアドバイスにすっかり励まされた様子だ。

「九歳の危機って、聞いたことある？　幼児期が終わって、子供がひとりの人間になろうとして、難しくなる時期なのよ。そのときに淋（さび）しい思いをさせちゃうと、中学の反抗期で大変なことになるから、子供がなによりも大切だということをしっかり伝えておいたほうがいいわ」

本人を目の前にして、こういう話をされるのは微妙な気持ちなのだが……。

まさに九歳のとき、自分の家庭環境に不満を持って、その気持ちを母親にぶつけたことがあった。

「それでね、私はスケジュール帳を見せながら、息子に言ったのよ。ママがうちにいて欲しい日に、好きなだけ丸をつけて。ママの時間をぜーんぶ潤のために使ってあげるから、って」

あのときの出来事は母親の「持ちネタ」となり、何度も披露されているので、話し方も慣れたものだ。

「ここでポイントなのは、息子に見せたのが一カ月の予定表じゃなく、一週間単位で区切られているページだったっていうところね」

悪戯（いたずら）っぽく笑いながら、母親は説明する。

「必死の思いで仕事を片づけて、夏休みを前倒ししたというか、一週間くらいなら休めるように調整しておいたの」

それまでは専業主婦の母親を持つ友達をうらやましいと思うこともあったが、あの一週間のあとはすっかりそんな気持ちが失せた。

母親の取った行動は、実に効果的だったのだ。

「ほんと、笑っちゃうのよ。息子が求めていたのがベタな母親像っていうか、家に帰ると『お帰りなさい』って出迎えて、おやつにケーキを焼いてくれるようなお母さんなんだもの。その一週間はもちろん、毎日、手作りのお菓子を食べさせてあげたわ。

ねっ、潤」

　こちらに振られたので、さっさとオチを話してしまう。

「まあ、口うるさい母親がずっとそばにいる生活には、一週間でうんざりしたというか、働きに出てくれているほうがよっぽどいいやと痛感しましたよ」

　その場に笑い声が広がって、またべつの話題へと流れていく。

　母親が仕事を休んだ次の週は、毎日の食事がご飯と味噌汁だけという質素な献立だった。肉か魚のおかずが欲しいと訴えると、母親は澄ました顔で「一週間、仕事をお休みしたから、お金がないのよ。ママが働かないっていうのは、お金を稼げなくて、食べられるものが減るっていうことなの。わかった？」と言った。

　いまでは母親が仕事に専念できるように俺が協力しているおかげで、こうして高そうな焼肉だって食べることができるというわけだ。

　デザートの抹茶アイスを食べ終わり、お開きとなる。

　結局、代金は割り勘となり、母親がまとめて払って、領収書をもらっていた。

　電車を降りて、薄荷味の飴をなめながら、マンションまでの道を歩く。

　口のなかが空っぽになると、俺は母親に言った。

「あのひたすら肉を焼いてた無口な男が、いまの恋人だろ？」

　母親はその場で立ちどまり、わざとらしく目を見開く。

「やだ。どうして、わかったの」

「ああいうタイプ、好きだもんな」

これまでに何度かつきあっている相手を紹介されたことがあったので、母親の好みはだいたい把握できていた。

「息子にそういうのがばれちゃうのは、複雑な心境ね……」

軽く肩をすくめて、母親は変わらない足取りで歩き出す。

たとえ恋人ができても家には入れない、というのが母親のポリシーだった。

母親の恋人に対抗意識を燃やした時期もあったが、そんな独占欲のような気持ちも段々と薄れつつある。

「あのさ、たぶん、あと数年もしたら俺も家を出るだろうし、そしたら、いっしょに暮らせば？　俺のことは、べつに気にしなくていいっつうか……」

「なに言ってるのよ。心配しないで。潤が最優先だから」

ふっと笑って、母親はこちらを見つめた。

「それに、ほら、潤も知ってのとおり、すぐ飽きちゃうから。どうせ、長続きしないと思う」

夜道を母親と並んで歩きながら、いつのまにか、自分が暗闇にまったく怯えなくなっていることに気づく。

「なんていうか、こう、堅物そうな男をおとすところまでは燃えるんだけど、相手がいい気になってくると冷めちゃうのよ」

いくら酒が入っているとはいえ、高校生の息子にそこまでぶっちゃけトークをするのもどうかと思うのだが……。しかし、うちの母親は昔からこういうひとなのだ。

「いつまでも可愛い男ってのは、なかなかいないものねえ」

母親はそんな言葉をつぶやいたあと、俺の頭をくしゃくしゃと撫でた。

8

必要なものを鞄につめて、コンクリートの階段を下りていく。

二階の部屋の前を通りすぎるとき、香辛料みたいな匂いが鼻をくすぐった。異国の香り。この部屋には半年ほど前にイラン人の夫婦とその弟が引っ越してきて、波紋を広げていた。ゴミ出しのマナーがなっていないとか、ベランダで飼っている鳥の鳴き声がうるさくてノイローゼになりそうだとか、近所に住んでいるひとたちは寄ると触るとイラン人の悪口で盛りあがっている。

私と母親が暮らす公営住宅には所得制限があり、経済的に追いつめられ、心にも余裕がないような住人が目立つ。以前は母子家庭である我が家のことも、あれこれと噂をされていた。母子家庭として助成を受けているのに男性が出入りしていると役所に通報されたこともあった。新たなるスケープゴートの登場にほっとしている自分に気づいて、軽く自己嫌悪に陥る。

自転車のライトをつけて、夜道を照らしながら、学習塾へと向かう。去年一年間、特待生としてお世話になった塾には夜の十時まで開いている自習室があり、高校に入ったいまでも自由に使っていいと言われていた。入会費を免除してもらって、月謝もほとんど払っていない私ではあるが、塾生のひとりに数えられている。私が難関大学に受かれば、塾の合格実績にカウントされるというわけだ。

自習室に入ると、黙々と問題集を解く。講師が待機していて、いつでも質問ができるのだが、誰かに教わるよりも、自分のペースで勉強するほうが好きだ。高校受験のためにまず行ったのも、図書館で「勉強法」という書名を検索して、参考になりそうな本を片っ端から読んでみることだった。効率的に勉強をするためのテクニックや大きな枠組みを理解できたことにより、ただ漫然と問題集を解いていたころとは比べものにならないほど、勉強が捗るようになった。

英語はひたすら語彙を増やすことに尽きる。教科書に載っている文章をノートに写して、わからない単語があればそのたびに辞書を引き、こつこつと訳していく。英語のテキストを書き写すことに疲れてきたら、息抜きとして、歴史の教科書を読む。繰り返し何度も読む。活字を追うことを快楽だと感じるので、たとえそれが教科書であっても楽しいひとときだ。

——再婚するかもしれないから。

出がけに母親から聞かされた言葉が、ふいに蘇る。

離婚した相手が、いま、部屋に来ている。だから、私は夜遅くに出かける羽目になった。

母親は相手の不貞行為によって婚姻関係を解消したはずだったが、いまでもだらだらと会いつづけているのだ。

簡単に結婚して、簡単に離婚して、簡単によりを戻すなんて、馬鹿らしいにもほどがある。

再婚だなんて、冗談じゃない。

私はあの男を、父親だなんてもう二度と呼ぶつもりはない。

なのに、もし、再婚ということになれば、また三人で暮らすことになるのだろうか。住んでいる公営住宅は母子家庭の枠で入居しているから、再婚すれば出て行かなければならないかもしれない。そもそも、節操がなくギャンブル依存症で借金持ちの男と再婚することに、なんのメリットがあるというのか。

考えると、胃のあたりがちくちくと痛んだ。

想像したくもないから、次なる課題に取りかかる。読書ほどではないにしろ、勉強も現実逃避のようなものだ。テキストに集中していれば、余計なことを考えなくてすむ。正解のある問題を考えることは、人生について悩むよりも容易い。

塾が終わる時間になったので、持ち物を片づけて、自習室を出た。廊下に張り出されている紙に「高校入試合格実績！　合格おめでとう！　神丘高校一名」と書かれているのを見て、少し自尊心を満足させる。この小規模な学習塾では、私は期待の星だった。優秀な子たちが集まる神丘高校に進学したいまとなっては、定期テストの結果も振るわず、コミュニティにおける「勉強のできる子」という立ち位置が揺らいでいるのではあるが。

繁華街を抜けて、街灯の少ない暗い道をひとり自転車で進んでいると、家を出る前に読んでいた怪談が頭をよぎる。

読書中は怖いとは思わなかった話でも、誰もいない夜道で思い出すと、背筋がぞっとして、ペダルを踏む足にも力がこもった。

公営住宅の敷地へとたどり着いて、自転車のペースを落とす。おなじかたちをした窓が並んでいる。明かりのついている窓もあれば、暗い窓もある。

お腹が空いた。せめて、夕飯後であればよかったのに。

駐車場に原付バイクが停まっているのを確認して、うんざりした気分になる。

まだ、いるのか……。

生物学上の父親である人物と、私はなんとしても顔を合わせたくはなかった。

以前、母親が誰かと電話で話していたときに「元ダンナっていうか、セフレ」と言っているのを耳にしたことがあった。

浮気がどうしても許せなくて、別れたはずなのに。離婚した直後は、本気で憎んでいるようだったのに。だらしない、気持ち悪い、穢らわしい……。

自転車を置いたあと、近くの児童公園へ行く。暗闇のなか、塗料のはげかけたパンダとカバの遊具がひっそりとたたずんでいる。街灯の下のベンチに腰かけて、文庫本を開く。読書に没頭すれば、空腹も忘れることができる。いつどこからなにが襲いかかってくるかわからない夜の屋外で読む怪談はまた格別だ。

携帯電話に着信があり、心臓が止まるかと思うほどびっくりする。見てみると、アリサちゃんからメッセージが届いていた。

「あやたん、きいて」

「どうしたの？」

返事を打つと、すぐにメッセージが返ってくる。

「4Pに目覚めた」

「おちつけ」

「3はまだしも、4は無理だろと思っていました。穴の数的に」

「いきなり、なんの話を……」

「というか、基本、純愛がいいわけですよ。リバも無理だし。でも、ワンコ攻め、鬼畜攻め、ヤンデレ攻めというタイプのちがう三人に溺愛されている総受けはたまらんかった」

「今度、貸して」

「もちのろんです！　早く読んでほしい！　感想を言いあいたいよ！」

初めてアリサちゃんからBL小説を借りたとき、驚きと戸惑いとうれしさで胸がいっぱいになった。ずっと心の奥に秘めていたものを、アリサちゃんはあっけらかんと開示してきた。欲望を共有できる仲間。ほかのひとの前では恥ずかしくて決して言えないようなことだって、アリサちゃんには隠さなくてもいい。

「このあいだのヴァンパイアのやつも面白かった〜」

「でしょでしょ。絶対にあやたんはハマると思った」

両親の関係には嫌悪感しかないが、その結合の果てに自分が生を受けたことは事実だ。

おそらく、自分は実際に性行為を体験することはないだろう。しかし、それと空想の世界とはまたべつの問題。甘美な関係が描かれた物語には抗えない魅力がある。

「鎖骨ってなんであんなに萌えるんだろうね」

「うなじも！」

「首筋の色っぽさよ」

「耳から顎にかけてのラインも重要」

「吸血ってエロいよね」

「うちに『ポーの一族』あるんだけどお母さんの蔵書で持ち出し不可だからなあ」

アリサちゃんの母親は、若かりしころには同人誌を作って即売会なるところで売っていたひとらしい。

アニメを見ながら男同士のカップリングを母親と語りあうなんて、私からすれば信じられないような親子関係だ。うちの場合、確実に白い目で見られる。BLどころか少しでも性的な描写があるものを読んでいることがばれたら、変態扱いされるだろう。自分たちの爛れた関係は棚にあげ、娘を非難することにかけては容赦がない。それがわかっているから、母親には自分の趣味が知られないよう細心の注意を払っている。

「あやたんにも『風と木の詩』とか読ませたいけど、あれも禁帯出だし。今度うちにおいでよ」

「うん、ぜひぜひ」

よもや、私がひとりで夜の公園にいるなど、アリサちゃんは思いもしないだろう。

一般的な感覚を持つ親なら、こんな遅い時間に年頃の娘をひとりで放っておいたりしない。ということを、私はごく最近まで、知らなかった。

アリサちゃんのところは、塾が終わったあとは必ず母親が車で迎えに来てくれるらしい。暗い夜道の女の子のひとり歩きは危険だから。

それを聞いて、過保護だと思った。アリサちゃんみたいに太った子が襲われる可能性なんて低そうというか、自意識過剰っていうか、心配しすぎじゃないの……なんて考えて、仲良しの友達についてそんなふうに思ったりするから女子に嫌われるんだよ私は……と落ちこんだのであった。

「あやたんは初めて好きになったキャラとかBLに目覚めたきっかけとか覚えてる?」

アリサちゃんの質問に、私はふと手をとめて、首をひねる。

うーん、なんだろう……。

しばらく考えてみて、ある作品のことを思い出した。

「教科書に載っていた『おてがみ』のがまくんとかえるくんの関係にきゅんとした」

「あーっ、それ知ってる!」

「もうね、ふたりの相思相愛っぷりが可愛くて」

「初めての萌えが教科書とか両生類とか、やっぱあやたんはちがうわ」

家に遊びに誘ってくれる件についてはどうなったのだろう。具体的な話が出ないということは、ただの社交辞令だったのか。それなのに本気にして、前のめりなテンションで返事をしてしまった……。

そんなことを考えていたら、バイクのエンジン音が遠ざかっていくのが聞こえた。

「おまた〜。パパ、帰ったよ〜」

母親からメッセージが届く。意味不明の緑色をしたキャラクターが照れ笑いしているイラストも貼りつけられている。神経を逆撫でするイラストだ。

「再婚の話は、やっぱり、ナシってことになっちゃった」

とりあえず、再婚の話は消えたということで、ほっとしている自分がいた。

「ごめん、そろそろ寝るね」

アリサちゃんにメッセージを送る。

「おやすみ」

アリサちゃんから返事が来たあと、私のほうからも「おやすみ」とメッセージを返すべきかどうか少し迷ったけれど、結局、そのままにして立ちあがった。

公営住宅の階段をのぼり、家に帰る。

玄関のドアを開けると、部屋が煙草臭くて、空気が澱んでいた。

畳の上に発泡酒の空缶が転がっている。二尾しかなかった秋刀魚の塩焼きは、どちらもすでに食べられたあとだった。炊飯器を開けてみると、かろうじてご飯は残っていた。

炊飯器の内釜にこびりついたご飯をかき集めてどんぶりに入れると、レトルトのカレーを温める。ご飯が少なすぎて、後半はカレーのルーだけをスプーンですくって口に入れているようなものだった。

母親は風呂に入っている。シャワーの水音に混じって鼻歌が聞こえてくる。るんるんと楽しそうな鼻歌を耳にするほど、こちらの気分は沈んでいく。

自分の部屋に行き、本棚から『ふたりはともだち』を取り出す。小学校の図書室で借りて読んだあと、どうしても手元に置いておきたくて、お小遣いをためて自分で買った初めての本。

がまくんとかえるくんが、お互いを大切に思っているのが伝わってきて、何度読んでも最後の場面ではじんわりと幸せな気持ちになれる。

私にとっては特効薬みたいな物語だ。

……ぼくはきみがぼくのしんゆうであることをうれしくおもっています……。

9

作業予定表を拡大コピーしたものを教室の後ろの壁に貼って、念のため、森せつなにも確認してもらう。

「文化祭までのタイムスケジュール、こんな感じでいいよな？」

資材調達、会場装飾、小物作り、朗読の練習などなど、準備の作業日程には余裕を持たせてはいるが、企画会議のごたごたでスタートが遅れた分、かなり巻いていく必要がありそうだ。

「うん、わかりやすいと思う。終わったら、そこにチェックをつけていけばいいんだよね」

「そんで、こっちが役割分担表」

「わあ、これもまとめてくれたんだ。ありがとう」

「部活あるやつは基本そっちを優先って感じで。美術部の子たちとか、かなり手伝ってくれそうだけど」

「でも、九條くんも、部活あるんだよね？」

「ああ、俺は文化祭までは休むことにしたから」

森せつなと話していると、通りがかりの陸上部員たちが声をかけてきた。

「なんか手伝ったほうがいいか？」

「力仕事は残しとくから、前日の飾りつけとかよろしく」

「オッケー」

そのほか、吹奏楽部や演劇部も練習が忙しく、クラス企画には手を貸せないと言われていた。

俺に実行委員を押しつけたテニス部の田淵も、さっさと教室から出ていく。

「田淵にも手伝わせろよ。もとはあいつの仕事だろ」

バスケ部のやつに言われ、俺はそちらを向く。

「やる気ないやつがいても、テンション下がるだけだし」

「おまえ、甘すぎるって」

「俺らもやれることあったら、いつでも手伝うから、声かけろよ」

そう言い残して、バスケ部連中も出ていく。

田淵については、あえて作業は割り当てず、放っておくことにした。あちらから詫びを入れて、なにか手伝おうかと申し出てくるならまだしも、こちらから仲間に入れようとは思わない。

文化祭のクラス企画にかける熱意には個人差がある。強制的に参加させようとしてとかなるはずだ。
もトラブルになるだけだろう。作業量もそんなに多くはないので、有志だけでもなん
　そう考えて、俺は森せつなとの話に戻る。
「あと、役割ごとに個別の工程表も作って、担当者の名前も書いておいたから、ひと
りずつ声かけて、配ってもらえるかな？」
　俺がやってもいいのだが、ここはあえて森せつなに任せることにした。
「うん、わかった。九條くんって、なんか、すぐにでも会社で働いたりできそうだよ
ね」
　工程表をまじまじと見つめて、森せつなはつぶやいた。
「いや、エクセルくらい誰でも使えるだろ。中学のとき、授業でやんなかった？」
「使い方を知っているのと、使いこなせるのはちがうから」
　森せつなはさっそくクラスメイトたちに声をかけ、工程表を渡していく。
　こういう段取りに慣れているのは、母親のおかげだろう。夏休みの宿題にはじまり、
プロジェクトを遂行するための自己管理のやり方は徹底的に叩きこまれた。
　森せつなから工程表を受けとったのを確認して、運動部の女子グループを仕切って
いる堀田夏歩のところへと近づいていく。
「宣伝班のリーダーって、堀田さんに任せてもいい？」

バレー部のエースだけあって、堀田夏歩は背が高く、威圧感がある。女子ってたいてい、上目遣いで見つめてくるものだという気がするので、なんとなく話しにくい。しかも、堀田夏歩は女子には優しいが、男子に対しては態度がきつく、レズビアンなんじゃないかという噂もあった。

「いいけど。どうせ、いつものメンバーだし。練習は部活の合間とか休み時間にうちら勝手にやるから」

「衣装はどうしよう。予算あまり出せそうにないんだけど」

「ハロウィン用の衣装とか持ってる子もいるから、それ使えばいいんじゃない？」

「おお、ナイスアイディア」

「それで、具体的に宣伝ってどうすればいいの？　ダンスをしながら、口で言うの？　チラシとか配る？」

「うーん、そうだな……」

「ポスターを段ボールに貼りつけて、お腹と背中につけるやつは？」

堀田夏歩の後ろにいた女子から、そんな意見が出る。

「ああ、それ、見たことある！」

「サンドイッチマンってやつだよね」

「お祭りっぽくていいと思う」

「ゆりっぺ、やんなよ。目立ちそうだし」

「え～っ」

「すーちゃんは、いつもどおり貞子でしょ」

「うん、びびらせまくるよ！」

長い髪を活かした扮装ではあるが、それで踊れるのか……？

まあ、やる気を見せてくれているので、こちらとしては助かるところだ。

「じゃあ、段ボールに貼りつけるから、宣伝用のポスター作っといて」

サンドイッチマンをやらされる女子は渋っていたようだが、堀田夏歩のなかではすでに決定事項のようだ。

「了解。当日はひとの多そうなところでゲリラ的に踊ったり、うろうろしたり、自由にやってくれたらいいから」

「任せといて。あおいちんが朗読係なんでしょ？　あおいちんのためにも、お客さんたっぷり連れてくるから」

堀田夏歩と結城あおいは仲が良い。つまり、結城あおいをクラス企画の中心においておけば、運動部系の女子グループも味方につけられるということだ。

やはり、結城あおいは絶対にはずせないな……。

その結城あおいはといえば、すでに鞄を持ち、帰ろうとしていた。

「おっと、結城さん、ちょっと待った」

「なに？」

「森さんから工程表もらった？」

「ええ」

「朗読係、引き受けてくれてありがとう」

「いまさら断れないでしょ」

外堀を埋めたおかげで、本人も協力する気になってくれたようだ。

しかし、ほんと、結城あおいって容姿レベル高いよな。

「予行演習なんだけど……」

「九條くーん」

名前を呼ばれ、振り向く。

森せつなから工程表をもらった美術部の女子たちが、わざわざ俺のところにやって来る。

「装飾班は今日から動けるよ」

「私たち、なに、すればいい？」

うちのクラスには美術部の女子が三人いて、普段からつるんで行動している。この三人が中心となって会場の装飾をしてくれると、かなりスムーズに事が運びそうだ。

「結城さん、ごめん。数分だけ待ってもらえる？」

そう言い残して、装飾の打ち合わせに移る。

「美術部の準備はいいのか？」

「文化祭ではこれまで描いたうちで一番出来のいい絵を展示するから、締め切り間際に慌てて仕上げる必要はないんだよ」

「私たち、いつもちゃんと描いてるからね」

「そうそう、真面目だもん」

「それは助かる。まずはデザイン案を出してもらって、ほかに人材が必要そうだったら、随時、声をかけるから」

「会場の装飾のコンセプトだけど、朗読する内容がわからないことには決めようがないんだよね」

「ただ怖い感じっていっても、いろんな系統が考えられるし」

「デザインって、なによりコンセプトが重要だから」

「そっか。そうだよな、うん。八王寺……さん！」

教室内を見まわして、八王寺のすがたを見つける。

「朗読する短編って、なにが決まってたっけ？」

俺が言うと、八王寺は鞄から一冊のノートを取り出した。

「いまのところ、候補にあげてるのはこの六編だけど……」
そう言いながら、八王寺は作品タイトルの一覧を見せる。
エドガー・アラン・ポー『黒猫』
W・W・ジェイコブズ『猿の手』
小泉八雲『耳なし芳一のはなし』
小川未明（おがわみめい）『赤い蠟燭（ろうそく）と人魚』
夏目漱石（なつめそうせき）『夢十夜』の第三夜
川端康成『片腕』
タイトルの字面だけでも怖そうで、不気味な雰囲気が漂っている。
「もう少し、いろいろ読んでみて、ほかにもよさげな短編があったら紹介しようと思っているけれど、とりあえず、有名どころから選んでみました。長さとかのバランスは、実際に朗読してみないことにはなんともいえないけれど、結城さんの声で聴くとすごく素敵なんじゃないかなと思う」
八王寺は早口でまくし立てるように言う。
「おー、サンキュ。結城さんが朗読係ということをふまえて選んでくれたとは」

「図書室にあったのはこれだけなんだけど、ポーなんかはいろんな版元から出ていたりするから、大きな本屋さんに行って、装丁の素敵な本を選ぶといいんじゃないかな」

何冊かの文庫本を渡しながら、八王寺が説明する。

そうか、買い出しはホームセンターだけじゃなく、書店にも行く必要があるな。

美術部の女子たちも怪談の本を手に取って、表紙の絵をまじまじと見つめる。

「翻訳物のイメージでゴシック系でいくのもありだけど……」

「キャッチコピーが『怪談は日本の伝統文化』だし、和風のおどろおどろしい雰囲気にしようか」

「そうだね、伝統的な日本のお化け屋敷っぽい感じで。『赤い蠟燭と人魚』とかビジュアル的に映えそう」

「耳なし芳一といえば、お経だよね」

「梵字(ぼんじ)って、デザイン的にいいよね」

美術部員たちが口々に言っていると、工程表を配り終わった森せつなが戻って来た。

「会場作りの参考になるかなと思って、資料を少し持って来たの」

そう言いながら、森せつなはホラー関係のパンフレットや本、お化け屋敷のチラシなどを机の上に広げる。

「おお、すげえ。これ全部、森さんの？」

はにかみながら森せつなはうなずき、付箋（ふせん）を貼ったページを開く。

「こういう感じで、赤いペンキみたいなので手形をぺたぺたぺたっていっぱいつけていくのはどうかな」

「ああ、それいいな。クラス全員分の手形があれば、みんなで参加してる感じがするもんな」

俺が言うと、美術部の女子たちはさっそくスケッチブックを広げて、ペンを走らせる。

「それじゃ、こう、右端に人魚を配置して、赤い手形の海が広がっているイメージで、お経と蠟燭で、黒と赤の世界を……」

「私、人魚、描きたい。幽玄で儚（はかな）く悲しげな人魚」

「外装は、廊下を床から天井までベニヤ板で覆って、そこに描く感じなんだよね？」

「そのつもりではあるけれど、専門家の意見も聞きたいと思って。俺、美術のこと、よくわかんないし。ベニヤ板に直接、描けるものなのか？」

「下処理をしっかりすれば、いけると思う」

「画材とかは？　必要なものを言ってくれたら、買い出し行くから」

「とりあえず、使いそうなものは……」

スプレー缶やアクリル絵の具など、装飾に必要なものを買い出しメモにつけ加えていく。

「目隠しをするんだったら、内装はそんなに凝らなくてもいいよね」

「薄暗くするし、窓を段ボールで覆って、基本、塗りつぶす感じで」

「懐中電灯とかに赤いセロファンを貼って、ぼんやりと赤い光が漏れるようにするのは？」

「それ、いいかも」

「会場は椅子を半円形に並べて、その前で朗読するんだよね」

「椅子の数はいくつにする？」

するとほかにも数人の男子が集まって来た。

「俺らも手伝えるけど？」

「火曜と木曜なら残れるから」

「マジか、めっちゃ助かる。そんじゃ、装飾班のほう手伝ってもらえるか？」

装飾班との話が終わると、結城あおいのもとへと戻る。

「ごめん、結城さん。そんで、朗読は……」

俺が話し出したところで、横から笹川が声をかけてきた。

「あのさ、ちょっと思ったんだけど」

なんで、結城あおいと話そうとすると、次から次に邪魔が入るんだ！

苛立ちを感じながら、俺は笹川のほうを向く。

「どうしたんだ？」

「いや、ただ朗読するだけだと地味っていうか、インパクトが弱い気がして。お化け屋敷の醍醐味って、非日常の緊張感と、叫び声をあげる爽快感にあると思うんだ」

「それで？」

うながすと、笹川は森せつなのほうへちらりと視線を向けてから、話をつづけた。

「だから、朗読のあと、その怪談にちなんだものを箱みたいなのに入れて、手を突っこんで、触ってもらうとか、どうだろうか。たとえば『猿の手』だと毛むくじゃらの手のオブジェを作ったり……」

ふむ、悪くない意見だ。お客さんが自発的に動くところを作ることで、より恐怖を演出できるかもしれない。

「箱に入れたものを触って当てるゲームみたいな感じか。たしかに、女子とかきゃあきゃあ言いそうだな」

「うん、すごくいいと思う」

森せつなにアイディアをほめられ、笹川はわかりやすく照れている。

「耳なし芳一だと、ゴム製の耳とか、気持ち悪くて面白いと思うのだが」

「ロフトなら、おもちゃの耳とか売ってそうだよね」

「黒猫にはリアル猫を使いたいところだが」

「生き物はダメだと思う」

「ナマモノは？　本物の魚も傷むから無理か……」

「氷とかで冷やしておけばいいんじゃないかな。人魚の鱗っぽい感じとか、ヌルヌルした感触とかが出せるといいよね」

笹川といっしょになって、森せつながどんどんアイディアを出していく。

「人魚っていうと神秘的だけど、半魚人になると、一気にB級ホラー感が漂うよな」

「『ジョーズ』とか『ピラニア』とか、人類には本能的に海の生き物に対する恐怖があると思うんだよね」

ふだんは無口な森せつなが、楽しそうに声をはずませている。

おとなしそうな顔をして、ホラー好きだなんて、わからないものだ。

一方、結城あおいのほうは、少し離れたところで八王寺となにか話していた。

このふたりの組みあわせも、アンバランスというか、落差が大きい。しかし、意外と話は盛りあがっているようではある。

こうやって放課後に残って、みんなで話し合いをしていると、クラスがまとまってきた感じがして、文化祭に向けてテンションもあがってくるというものだ。

10

手持ち無沙汰なまま、ぼんやりと教室で立ち尽くす。

朗読する作品についてのリストを九條くんに渡したあと、私には特にやるべき作業がなかった。

リストはあんなものだろう。奇を衒っても仕方ないので、オーソドックスなところでまとめてみた。タイトルを知っていても、読んだことはないひとが多かったりもするし。ちょっとひねったものとしては川端康成の『片腕』を入れた。これはよくある怪談のイメージとは少しちがって、シュールで不気味で妖しい短編で、結城さんの凜とした声で「片腕を一晩お貸ししてもいいわ」なんてセリフを読まれたら、背中がゾクゾクしそうだ。

やることがなくて困る。

少しでも時間があると、本を読みたいと思ってしまう。

けれど、中学での経験上、教室内で読書をすることは、ほかのクラスメイトを拒絶して、〝国交〟を断っているように思われるということはわかっていた。高校では孤立したくない。だから、読書バリアは張らないほうがいいだろう。

アリサちゃんは漫画部が修羅場だからと言って、さっさと教室から出ていってしまった。

私は部活には所属していない。帰宅部の人間はできるだけ、文化祭の準備を手伝ったほうがよさげな雰囲気だ。

図書委員の展示も例年通りであり、特に準備に追われるということもない。新しい企画案も出るには出たのだが、賛同は得られず、却下されていた。たいていの図書委員たちはマイペースで、あまり全体で盛りあがろうという感じではなく、居心地がいい。

放課後のカウンター当番がある日は、クラス企画を手伝えないが、それ以外のときなら協力できる。

しかし、根本的なところに問題があった。

準備といっても、私は絵も描けなければ、力仕事の役にも立てない。気配りもできないから、いても邪魔になるだけ。

そして、なにより、私は心の底でこう思っているのだ。

……どうでもいい。

文化祭を盛りあげるぜ、クラス企画を成功させるぜ、エイエイオーーッ！　とかいうノリにはついていけない。

お祭り騒ぎは、苦手だ。

体育祭よりは文化祭はまだましではあるが、それでも一致団結とかクラス一丸となってとかいう言葉には、虫唾が走る。そういう思想が、集団の足を引っ張る存在を排除したり、いじめの元凶になったりするんじゃないだろうか。

こんな私の考え方にアリサちゃんも同意してくれるような気がして、だから、いっしょにいて心が休まる。

でも、アリサちゃんは私よりも世界をたくさん持っている。漫画部のつきあいは、私のあずかり知らぬところだ。一度だけ見学に行ったけれど、もともと私は漫画はそんなに好きじゃなくて、内心では文学作品のほうが優れているものが多いと思っているところがあるので、入部しないほうがいいだろうと判断した。

しかも、漫画部ではただ読むだけではなく、自分たちでも描いて、文化祭では作品集を売るらしいのだ。素人のしかも高校生が描いた漫画を買うひとがいるなんて驚きだ。アリサちゃんはそんなに絵が上手くない。はっきり言ってしまえば、下手だと思う。それなのに、漫画を描こうと思うメンタルがすごい。私には自己表現する手段も、意欲もない。

詰め込み式の勉強は苦にならないけれど、協調性やら創造性やらを発揮しなければならない行事活動はうんざりだ。

手にはさっき森さんから受け取った工程表があった。

私の仕事は、朗読作品のチョイスと前日準備だけになっている。ということは、ほかの日はなにもしなくていいのだろうか。

頼まれれば手を貸すが、自分から積極的にやろうとは思えない。

てきぱきと工程表を配ったり、企画についての話し合いをしている森さんを見て、私は少し裏切られたような気持ちになる。

森さんのことは、ずっと気になっていた。

入学以来、仲良しの子を作らず、どこのグループにも入らず、休み時間にはひとり自分の席で本を読み、お昼ご飯もひとりで食べている森さんのすがたに、私はひそかにシンパシーを感じていたのだ。

もし、友達ができなくて困っているのなら、私たちのところに来てもいいよ。

何度かそう念を送ってみたりもしたのだが、森さんはずっと孤高を保っていた。

ひとりでいる森さんに中学時代の自分を重ねて、放っておけない気分になりつつも、私が悪意を持ってハブられていたのとはちがって、友達を作ることによるわずらわしさを本人があえて避けているようなところもあり、どうしたらいいかはわからなかった。

そうしたら、いつのまにやら、彼氏ができたり、文化祭の実行委員としてクラスの中心になって動いたりと、すっかり「あっち側」の人間になっていた。

私がショックを受けるのはお門違いなのに、森さんの変化に我知らず傷ついている自分がいる。

九條くんのやる気に満ちあふれたテンションが、クラスに波及していくのも疎ましい。

真剣になってなにかを作りあげようとしているひとたちの輪に、私は入っていけない。

帰るに帰れず、しかし、やる気もやることもなく、ひとりたたずんでいると、結城さんが声をかけてくれた。

「ねえねえ、八王寺さん。文化祭、二日目の予定って決まってる？」

結城さんの言葉に、私は首を横に振る。

「ううん、特になにも」

「図書委員の当番とかは？」

「あっちの展示は、そんなに人数いらないから。一年生は基本、自由に文化祭を見ていいことになっているんだって」

「じゃ、二日目は空いてるんだね。親とか来る？」

「来ないと思う。結城さんのところは？」

「うちも都合悪くて。それはいいんだけど、代わりに兄が来るとか言いだしちゃって」

「おおっ、あの超絶美形のお兄さん？」

以前、結城さんのお兄さんの写真を見せてもらったことがあるのだが、王子様のような服装だったこともあって、この世のものとは思えないほどかっこいいひとだった。

「それで、もし、八王寺さんに時間があるなら、ぜひ、会ってもらいたいの」

……はい？

にわかには理解しかねて、私はまじまじと結城さんの顔を見つめる。

つくづく美少女である。

こんな容姿に生まれついたら、人生は勝ったも同然だろう。

「えっと、ごめん。話の方向がよくわからないんだけど」

「ほら、前にしたじゃない？　兄を紹介するっていう話」

「たしかにそんなような話をした記憶はあるけど、てっきり冗談だと」

「わりと本気なんだよね。うちの兄、変わり者だから、いろいろと心配で。八王寺さんみたいなしっかりしたひとだと、こっちも安心できるっていうか。八王寺さん、前にちょっと変わったひとが好みだって言ってたし、ちょうどいいかなと思って」

「な、な……」

なにを言っているのか、この美少女は。

どこをどうやったら、あんな異次元のひとみたいな美形のお兄さんと、この私が「ちょうどいい」ということになるんだ。有り得ないにもほどがある。

「あたし、朗読の当番もあるし、兄の相手をしてられないんだよね。そういうわけで、文化祭、うちの兄といっしょにまわってくれない？」

人間というものは思いがけないことを言われると咄嗟には返事ができないのだなと実感する。

沈黙を肯定の意として受け取ったらしく、結城さんはにっこりと微笑んだ。

「ありがとう。兄も喜ぶと思う」

私は口をぱくぱくさせ、酸欠の金魚みたいな状態で、結城さんのほうへと片手を伸ばす。

「ま、待って……。無理！　絶対に無理だから！」

「え、どうして？」

不思議そうな顔をして、結城さんは小首を傾げる。

「よく知らない相手、それも結城さんのお兄さんで、男性で、大学生で、しかも美形といっしょに、文化祭をまわるとか、無理！」

「あたしの兄だと信頼できない？」

「いやいやいや、そういうことを言っているわけではなく……」

「紹介とか言ったから、プレッシャーになっちゃったかな。べつに、普通に接してもらっていいから。ほんと、あたしの友達として、あたしの代わりに、文化祭を案内するみたいな感じで」

何気ない口調で、結城さんはキラーワードを発した。

友達。

結城さんは私のこと、友達だと思ってくれているんだ……。

そうまで言われたら、断れない。

「……わかった。わかりました。私でお役に立つのなら尽力いたしましょう」

女子高生を紹介すると言われて、出てきた相手が私みたいな人間だったら、さぞかしがっかりするだろうな……。

考えれば考えるほど、いたたまれない気持ちになるが、結城さんのため、甘んじて受けるとしよう。

それに、少なからず、興味があった。結城さんのお兄さんがどんなひとなのか……。

見てみたい。

しかし、自分は相手の視界に入りたくない。

そんなジレンマを抱えつつも、好奇心がむくむくと湧きあがってくる。

だいたい、紹介されたからといって、私と結城さんのお兄さんとのあいだに、なにかが起こるわけがないのだ。だから、取り乱す必要などない。なにを焦っているのだ、私は。

「よかった。いつか機会があったら、八王寺さんに兄のこと紹介したいって、ずっと思ってたから」

まさに眼福といった笑顔をこちらに向けて、結城さんがそんなふうに言った。

うれしい。顔がにやけそうになる。この高校に入ることができてよかったとしみじみ幸せを感じる。

同性である私ですら、どぎまぎしてしまうような笑顔なのだから、これで籠絡できない男なんていないのではないかと思う。

しかし、結城さんは片思いをしているようなのだ。

結城さんが恋をするほどなのだから、相手はさぞかし素敵な男性なのだろう。

私はちらりと、笹川くんのほうを見る。

結城さんはなぜか、あまり接点のなさそうな笹川くんとお昼をいっしょに食べたりしていた。ふたりは親密そうに見えたので、結城さんの好きなひとはもしかしたら笹川くんじゃないだろうかと思ったこともあった。

だが、よくよく考えてみれば、他校にまで知れ渡るほどの美少女である結城さんが、ぱっとしない風采の笹川くんに惚れるなんて、そんなことあるはずがないか……。

「それだったら、八王寺に訊いてみて」

ふいに自分の名前が聞こえてきたので、私は顔をあげる。

森さんが九條くんのそばを離れて、こちらへと近づいて来た。

「明日、買い出しに行くことになったんだけど、本屋さんにいくの、つきあってもらえる？」

「うん、いいけど」

さっきのは、九條くんの声だろう。

どうでもいいけど、いま、私のこと、呼び捨てにしてなかった……？

11

とりあえず、朝からシャワーを浴びることにした。

寝癖がひどいときは、シャワーを浴びてしまうのが手っ取り早いんだよな。でも、あんまり洗いすぎると髪によくないらしいから、難しいところだ。

ドライヤーで髪を根元から乾かして、しあげにワックスで毛先だけ整える。

やっぱ、髪、切りに行っておくべきだったか。でも、このあいだ、切ったところだし……。

鏡の前で顎をあげて、ひげのそり残しもチェックする。体毛は薄い体質なのだが、たまに顔のまわりにぽつぽつと太い毛が生えていることがあり、気になっているのだ。

休みの日は、朝からゆっくりできていい。母親は昨日から出張だ。いや、恋人のところに泊まっているのだったか。どちらにしろ、ひとりでのんびりできることには変わりない。

毛抜きで眉も抜いていると、着信音が響いた。

中学時代の友人からだ。

「あのさ、ちょっと、九條に相談したいことがあんだけど」

「うん？　どうした？」

おなじバスケ部に所属していて、いつもつるんでいたメンバーのうちのひとり。卒業後も積極的に話したいような相手かというと微妙なのだが、ちょくちょく電話がかかってくる。

「またちょっと、女関係で悩んでるっつうか……」

そして、相談に見せかけた自慢話が始まる。

中学のときは目立たないやつだった。背は高かったが、顔はふつう。女子と気軽に話すようなタイプじゃなく、そこそこ勉強はできるほうだったものの、結局、俺よりランクがひとつ落ちる高校に進んだ。

　本人いわく、ガチガチの進学校よりそっちのほうが遊んでるやつも多くて人生楽しめるから、だそうだ。

　その後、念願の高校デビューを果たして、夏休みに出会った人妻と関係を持ったということを前回の電話でも延々と聞かされた。

「……やっぱ、むこうもダンナさんとかいるし、こっちからあんま連絡するのも迷惑かなって思って」

　俺に自慢できることがよほどうれしいのか、いちいち報告の電話をかけてくるのが、はっきり言って、鬱陶しい。

「あー、そうだよなー。うんうん」

「……そんで、その部活の先輩も、俺のこと好きっぽくて……」

　はあ？　勘ちがいじゃねえの？

　調子こいてるって、まさにこういう状態なんだろうな。俺も自重しよう。自分がモテると思いこんでる痛々しいやつにはなりたくない。

「……人妻とつきあってる余裕っていうの？　なんか、そういうオーラみたいなのが出てるらしくって。これがいわゆる、モテ期ってやつなのかな」

「へえ、すげえじゃん。まあ、ヨシカズ、性格いいし、見る目ある女がいればモテるだろうって前々から思ってたけどな」

「そうか？　おまえもそう思う？　やっぱ、経験してるやつと、まだのやつって、雰囲気ちがうんだろーな。女って、そういうとこ、敏感だから」

ああ、うぜえ！　一足先に大人になっちゃったぜアピール、うざすぎる！

なにが、女って、そういうとこ……だ。

おまえが、女を語るなっての。

「……ってわけなんだけど、二股ってありだと思う？」

「まあ、ヨシカズさえだいじょうぶなら、ありなんじゃねえの。でも、その先輩のほうはバレたら、まずいだろうな。女子って、そういうとこ、潔癖だし。女子のネットワーク、マジやばいから。敵にまわしたら、おまえ、社会的に抹殺されるぞ」

「だよな。バレたときのこと考えると、やめといたほうがいいか。人妻はめちゃくちゃエロい体なんだけど、顔は正直、先輩なんだよなー」

勝ち誇った顔が、目に浮かぶようだ。

「で、九條のほうは、最近どうよ？」

「んー、まあ、べつに。……あ、そういや、二中にいた結城あおいって知ってる？」

「雑誌に出た子だろ。中学んときに、写真まわってきた。すげえ可愛かったよな」

「実は、これから会う予定なんだ。そろそろ、待ち合わせの時間だから、行かねえと」

「マジで！　つきあってんの？」

「まあ、はっきりとそういう関係ってわけじゃないけど。でも、いまからいっしょに買い物して、食事でも行くかーって感じ」

「おー、そうなんだ、さすがは九條だな」

相づちを打つ声からは、さっきまでの勢いがすっかり消えていた。

俺と張り合おうなんて百年早いっつーの。

「遊ぶのもいいけど、変なビョーキとかうつされねえように、ちゃんとつけてやれよ」

「わかってるって」

そんなやりとりをして、電話を切る。

実際、ほとんど知らないような相手と、よく寝たりできるものだと思う。リスク高すぎるだろ。

むこうは勝った気でいるのかもしれないが、こっちはまったく羨ましいとは思っていない。

本気で彼女を作りたいなら、告白してきた女子とつきあえばいい話だ。でも、俺は自分を安売りしたくないから、手を出さないだけのこと。告白してくる女子って、いまいち魅力に欠けるんだよな。まあ、モテる女子はわざわざ告白なんかしてこないってことだろう。やっぱ、男ならレベルの高い女子を落としてこそだ。

さてと、出かけるか。

これから結城あおいと会う、という言葉に嘘はなかった。

ただ、まあ、もうひとり、連れがいるのではあるが。

待ち合わせ場所にいたのは、八王寺だけだった。

「あれ？　結城さんは？」

「ちょっと遅れるって」

液晶の文字を目で追いながら、八王寺が言う。というか、八王寺のほうにはメッセージ送っておいて、俺にはなんの連絡もなしなのか……？

結城あおいって、メッセージ送っても必要最低限の返事しか戻ってこないもんな。せっかく連絡先を手に入れたから活用しようと思ったのに、会話が盛りあがるどころか、スルーされまくりだ。

そういうところも、つきあったときに面倒がなさそうで好印象だったりする。女子とつきあったときに、なにがこわいって、デートでの会話とか、それ以上の進展とか、こっちの言動が友達に広められそうなところなんだよな。さっきの話じゃないが、女子のネットワークって、マジでやっかいだ。その点、結城あおいはすでに女子グループのトップにいて、盤石って感じだから、ネットワークを駆使して地位向上に必死になる必要がなく、安心感がある。

「八王寺って、なんで、結城さんと仲いいの？」

「どういう意味？」

眼鏡の奥の目を細くして、八王寺は怪訝そうな顔で、こちらをにらんできた。

「なんていうか、共通点なさそうだなと思って」

「釣り合いが取れない、って言いたいの？」

「いや、そういう意味じゃないけど」

そう受け取られても仕方ないか。いまのは言い方をまずったかもしれない。

「最近、よく話してるだろ。ふたりが仲良くなったきっかけとか、気になったっていうか」

「べつに、そんなに、よく話してるとは思わないけど。だいたい、結城さんと仲いいのは堀田さんたちのグループで……。よく話してるとか……」

なんだ？　今度はうれしそうな表情になって、にやついてるぞ。意味わかんねえな。

「私は図書委員として、結城さんの役に立っているだけっていうか。まあ、そりゃあ、最近、ちょっと、仲のいい友達みたいな感じで会話してるかなあって思わなくもないけど。びっくりするようなこと頼まれちゃったりもしたし。人生は複雑怪奇」

「え？　どういうこと？」

「なんでもない。こっちの話」

思いきり一方的に会話をぶった切られた。

なんつうか、ナチュラルに感じ悪いな。

「俺も、結城さんと仲良くなりたいんだよな」

将を射んと欲すればなんとやら。

まずは外堀を埋めていくというのも有効な手段だろう。

「協力してくんない？」

俺が言うと、八王寺はなにか考えこむように黙った。それから、自分の鞄をごそごそと漁りはじめる。

「……それじゃ、これ、渡しとく。店内には検索機もあるから、私がいなくても買い物できると思うし」

ノートの切れ端を取り出して、八王寺は俺に押しつけようとした。

「なに？」

「短編リストのくわしいやつ。おなじ短編でも、いろんな短編集に入ってるバージョンがあるから、書店で入手可能なやつとか調べておいた」

このノートの切れ端が、そのメモってわけか。

「いや、そうじゃなくて、帰ろうとしてない？」

「してるけど」

「なんで、いきなり……」

「邪魔だから、帰れってことでしょう？」

さも当然といった口調で言って、八王寺はこちらを見た。

「は？　いや、なんで、そうなるんだ」

なんなんだ、こいつ。

いちいち、反応がずれてるな。

たしかに、結城あおいとふたりきりという状況はおいしいが、しかし、八王寺を追い返そうなんて考えはまったくなかった。

「そんなことは言ってないだろ」

「じゃあ、なにをしろと？」

質問されて、こちらも言葉につまる。

「いや、なんつうか、具体的になにってわけじゃないんだけど」

こんなに見事に空気の読めない人間に、恋愛のアシスト的なことをしろなんて無理な相談だったか。人選ミスとしか言いようがないな。なんで、俺、八王寺にこんなこと話してるんだろ。

そこに、結城あおいが小走りでやって来た。

「遅れちゃって、ごめん！」

うっわー、私服の結城あおい、めちゃくちゃ可愛いじゃねえか、おい！

細めのデニムだから、制服のときより大人っぽいというか、足の長さが際立っている。スタイルはもちろん、服のセンスの良さもポイントが高い。

しかも、美人だけど性格が悪いとかでもないんだよな。今日だって、実行委員でもないのに買い出しにつきあってくれているんだから。

「来てくれて、ありがとな」

書店への道を歩きながら、俺は結城あおいに声をかける。

「結城さんが手伝ってくれるから、すごく助かってる」

「まあね。人手が足りてないみたいだし」

買い出し班は二手に分かれ、もうひとりの実行委員である森せつなは笹川や美術部員たちとホームセンターへ行き、俺は八王寺と結城あおいを連れて書店で買い物をして、昼に合流する予定となっていた。

「作業自体はそんなに多いわけじゃないんだけど、クラス企画だけじゃなく、全体の仕事とかもあるから、こまごまと時間が取られるんだよな」

「本部は生徒会なんでしょう？」

「ああ。生徒会と実行委員の幹部メンバーで仕切っている。一年にまわってくるのは雑務で、マニュアルがあるから、楽っちゃ楽なんだけど」

八王寺は書店までの道を先導して、ひとりでさっさと店内のエスカレーターをあがっていく。

結城あおいとふたりで話せるのはうれしいが、事務的な会話というか、まったく色気がない。

「森さんとはうまくやれてるの？」

「いちおう、無理はさせてないつもりだけど。つうか、前任者が無責任すぎた。最初の議事録とかも全部、森さんにやらせてたし。田淵から俺に代わって、よかったんじゃね」

あ、つい、本音が出てしまった。

いまの発言は、ちょっと印象がよくなかったかもしれない。事実とはいえ、ほかのやつの悪口を言うのはかっこいいことではない。

そんなことを考えながら、結城あおいの表情をうかがうと、軽く笑みを浮かべていた。

「たぶん、田淵くんって、最初は彼女を作るきっかけにしたくて実行委員に立候補したけれど、森さんに彼氏ができたから途端にやる気をなくした、とかだと思うんだよね」

「おう、鋭いな」

「態度があからさまだったし。女子には親切だけど、下心バレバレで、すごくみっともなくて」

口元には微笑みをたたえているのに、目が笑ってない。顔立ちがいい分、冷たいまなざしには迫力がある。

「まわりの迷惑を考えないで、あんなふうに無責任に投げ出すなんて、子供っぽいっていうか、甘やかされて育ってきたんだろうなと思う。その点、九條くんはしっかりしているよね」

思わぬところで、ほめ言葉をもらって、俺は内心で、ガッツポーズを取る。

よし、なかなか、いい感じだぞ。

かごを持った八王寺が、二階の文庫売り場のコーナーで、必要なものを物色する。

俺と結城あおいは、ただ、それを見守るばかりだ。

「経費って、できるだけ抑えたほうがいい？」

八王寺が振り返って、俺に訊ねた。

「いまのところ余裕はありそう。なんで？」

「小川未明の『赤い蠟燭と人魚』って文庫本にも収録されてるんだけど、絵本でも出てるから。でも、絵本だと文庫の倍以上の値段になる」

俺が答えるより先に、となりで結城あおいが口を開く。

「絵本にしようよ。絵がついてるほうが装飾の絵の参考にもなるでしょ」

「児童書は六階だったはず」

そうつぶやいて、八王寺はすたすたと歩き出した。

12

「あ、この絵本、覚えてる」

絵本コーナーに陳列されていたモーリス・センダックの『かいじゅうたちのいるところ』に手を伸ばして、結城さんが言った。

「懐かしいな。あたし、このお話、好きだった」

絵本をめくりながら、結城さんはやわらかな笑みを浮かべる。

本当に、綺麗な子だと思う。

結城さんが私のことを友達だと思ってくれているのは、どうしてなのだろう。

こんなにすべてを兼ね備えた女の子が、私と友達だなんて信じられない。

「俺も知ってる、この絵本」

さりげない感じで九條くんが結城さんの横に並んで、ふたりはおなじ絵本を眺める。

「ほんと、懐かしいな。そうそう、島に行って、王様になるんだよな」

もう高校生にもなった人間にとっては、絵本はすでに「忘れて」いて、懐かしく「思い出す」ものなのだろう。

けれども、私にとっては、リアルタイムで好きなものだ。

この『かいじゅうたちのいるところ』も保育園で読んでもらって、どうしても欲しくて、クリスマスプレゼントにお願いした本だった。あのころは、私のところにもサンタクロースはやって来ていた。その後、英語版も手に入れて、自分で訳してみたりして、繰り返し繰り返し何度も読んでいる。

主人公のマックスは、いたずらをして母親に部屋に閉じこめられる。その部屋が次第に森になり海になり、船出して、かいじゅうたちのいる島にたどり着いて、そこの王様になって……。

お気に入りの絵本だけれども、読むたびに泣きたいような気持ちになる。

だって、最後にマックスは帰ってしまうのだ。あたたかいスープのある部屋に。

行きて帰りしの物語は、好きじゃない。

帰らなくてもいいのに。帰りたくなんかないのに。ずっと島で暮らせたらいいのに。

着信音が響いて、九條くんが誰かからのメッセージを読む。

「森さんからだ。買い出し終わったって。そろそろ、俺らも行こっか」

目的の本は全部そろっていた。ずっしりとしたかごの重さが心地よい。

せっかく大型書店に来たのだから、もっとゆっくり見たい……。

そんな気持ちを抑えこみ、私はレジに並ぶ。我慢我慢。今日はひとりじゃないから、自由に行動するわけにはいかない。

レジで合計金額を告げられると、かたわらにいた九條くんが茶封筒からお金を取り出した。代金を支払ったあと、レシートとおつりを茶封筒に入れる。

役目を終えたので帰ろうかと思ったのだが、どうやらお昼ご飯を食べに行くことになっているようだ。

「結城さんって、休みの日とか何してんの？」

車道側にまわって、結城さんのことをかばうように歩きながら、九條くんが話しかける。

こんなベタな気遣いを目の当たりにするとは……。

あからさまな行動に、見ているこっちが気恥ずかしくなる。

「八王寺さんは？　お休みの日はどうやって過ごしている？」

結城さんは歩く速度を緩めると、私のとなりに並んで、話しかけてきた。当然のように、車道側に立って。三人で並ぶと邪魔になるから、結果的に九條くんはひとりあぶれることとなる。

「基本的には、家にいる。本を読むか、勉強してる」

「えらいなあ。あたし、最近ちょっと遊びすぎちゃって、中間の結果、最悪だったんだよね。そろそろ真面目に勉強しないと」

するだ、前を歩いている九條くんが振り返って、話題に入ってきた。

「どの教科がやばかったの？」

こういう状態でも積極的に会話に加わろうとするなんて、天晴としか言いようがない。

「数A。平均以下を取ったのなんて初めて」

「俺、数学、わりと得意なんだよな。今度、教えようか？」

「何点だったの？」

「八十四だったけど」

得意げな顔で教える九條くんに、私は対抗意識を燃やす。

「勝った。九十二」

数学だけは奇跡的によかったのだ。逆に、得意分野だと思っていた古典や世界史が悪くて、ものすごく落ちこんでいたのだが。結城さんではないが、古典で平均以下を取ったのなんて初めてだった。自分以上に古典のできる子なんてごろごろいるのだと思い知って、打ちのめされた。

「あのテストで九十オーバーとか有り得ないだろ。見た感じ、文系っぽいくせに……」

悔しそうな九條くんを見て、いい気分である。

「じゃあ、今度、八王寺さんに教えてもらおうかな」

結城さんのそんな言葉がくすぐったい。

休みの日に、友達と出かける……。

考えてみれば、初めての経験かもしれない。

小学生のときの行動範囲なんて限られていたし、中学時代には遊ぶ友達がいなかった。

高校に入ってからできた友達であるアリサちゃんは、休みの日は同人活動で忙しい。

私もアリサちゃんの同人誌に加わりたいと思ったこともあった。武者小路実篤や志賀直哉が作っていた『白樺』みたいな感じに憧れた。けれど、アリサちゃんたちがやっているのはアニメのキャラクターの二次創作で、私はそこまで作品にのめりこむことはできず、しかも中学時代からの仲良しグループに入っていく度胸もなく、それ以上は踏み込めなかった。

私とアリサちゃんは似ているようで、決定的に違うところがある。

アリサちゃんは萌(も)えという共通言語さえあれば、いろんな子と仲良くできる。けれど、私は正直なところ、キャラクターに萌えるという感覚がそれほど強くはなく、問答無用で盛りあがることはできないのだ。

　男同士のカップリングに抵抗はない。それどころか、性別すらも飛び越えるほどの愛が描かれているBL小説には心から感動する。けれど、アリサちゃんみたいに、原作では描かれていない部分を延々と妄想する才能は持ち合わせていない。私は暗記をしたり、問題を解いたりすることはできても、創作には向いていないのだろう。

「ああ、腹減ったー。なに、食べよっかな」

　九條くんにつづいて、ファミリーレストランに入ると、奥のテーブルに森さんのすがたを見つけた。笹川くんと、美術部の弘田(ひろた)さんもいっしょだ。私服のせいか、普段とは印象がちがう。弘田さんはめいっぱいお洒落(しゃれ)をしている感じだった。おそらく、メイクも頑張ってみたんだろうけれど、それで可愛く見えるかというと微妙だと思ってしまった。

「森さん、そっちどうだった？」

「必要なものは全部、買えたと思う。先生が車で学校に運んだあと、ここまで送ってくれたの」

「ああ、だから早めについたのか」

「これ、貸し出し用の申請書類なんだけど、記入しておいたから、九條くんのほうでも不備がないかチェックしてもらえる？」

「了解」

九條くんが森さんとそんなやりとりをしている横で、結城さんと私はおなじメニューをのぞきこむ。

「八王寺さん、何にする？」

「えっと……」

家族でもほとんど外食をしたことがないから、こんな店に来るのも初めてだ。

「あたし、アラビアータにしよう。八王寺さんは決めた？」

「結城さんとおなじのにする」

注文をしたあと、笹川くんが結城さんに話しかけてきた。森さんと九條くんと弘田さんは、文化祭の準備について話している。私は壁に飾られた『最後の晩餐（ばんさん）』のレプリカを眺める。

やがて、料理が運ばれてきたので、おのおの食べつつ、会話は続く。

……辛い。

赤いパスタ。トマトだけじゃなく、唐辛子が入っていた。喉（のど）が渇いてきた。

「結城さん、ドリンクバーは頼まなかったのか？」

笹川くんの言葉に、結城さんがうなずく。

「甘い飲み物、好きじゃないから」

結城さんとおなじメニューを選んだ私も、ドリンクバーなるものは頼んでいない。

「食事のときは水かお茶でしょう。でも、水すら運ばれて来ないんだけど」

「ああ、セルフだからな。まさかと思うが、結城さん、こういう店には来たことないのか？」

「まあね。うちの家族、ファミリーレストランとか行かないひとたちだし」

「さすがだな……。はいはい、いま、水をお持ちしますよ」

ファミリーレストランに行かない家族。

深い意味なんてないのかもしれないけど、その言葉が妙に心に響いた。

笹川くんが席を立って、水のあるほうに向かったので、私もそのあとにつづく。

グラスをふたつ手に持って、笹川くんが振り返る。

「あれ？　八王子寺さん？　水じゃダメだった？」

きょとんとした顔で、笹川くんはこちらを見ている。

「ううん。水を取りに来たんだけど」

私が答えると、笹川くんは気まずそうに言った。

「あー、いちおう、これ、八王寺さんの分のつもりだったんだけど。ごめん、一声かけるべきだった」

ああ、そういうことだったのか。こちらこそ、大人しく座っているべきだった。また、空気の読めない行動をしてしまった。

笹川くんが結城さんのために水を取りに行ったことは理解していたけれど、ついでに私にも持って来てくれるとは考えが及ばなかったのだ。

目の前にいる私にどう対応していいものか、笹川くんが困惑している様子がひしひしと伝わってくる。いっそ、こういう空気も感じられないほど鈍感ならよかったのに。

笹川くんに気まずい思いをさせてしまって、申し訳ない気持ちになる。

こういうのが、嫌なんだ。

ほとほと、自分にうんざりする。

……面倒くさい。

早く帰って、ひとりで本を読みたい。

切実に、そう希求する。

丹念に書きこまれた心理描写を追うことで、他人をわかったような気になりたい。

そうすれば、少しは安心できるから。

「とりあえず、席まで運ぶから」

コップをふたつ持ったまま、笹川くんはテーブルに向かう。

「ありがと」

笹川くんからコップを受け取った結城さんが自然にそう口にするのを聞いて、自分もお礼を言うべきだったことに思い至ったけれども、完全にタイミングを逃していた。

水を一口飲んだあと、結城さんは私に話しかけてくる。

「文化祭のこと話したら、兄もすごく乗り気になって。あたしも楽しみ」

結城さんのお兄さんを紹介されるという話は冗談ではなかったようだ。

にこにこしている結城さんに、なんと答えればいいのやらと思っていると、九條くんがこちらにプリントを差し出してきた。

「八王寺、もう食べ終わったよな。これ、合計してほしいんだけど」

どうやら予算の表のようだ。

「計算、得意だろ」

さっきの数学の点数を根に持っているのか、嫌味っぽい口調で言われる。

「わかった。貸して」

「できたら、そこに重ねといて」

自分の作業をしたまま、顔もあげずに九條くんは言う。

命じられた仕事を終えて、私は検算済みのプリントをほかの書類の上に置こうとした。

　その拍子に、クラス企画の一覧が目に入る。いろんな企画が並ぶなかで、ひとつの単語に釘づけになった。

　一年二組ビブリオバトル。

　これ、図書委員での文化祭の企画で出ていたやつだ。二組の図書委員の子が発案した。それぞれおすすめの本を紹介して、どちらを読んでみたいか投票して決めてもらうという企画。面白そうだと思った。けれど、基本的に保守的な図書委員たちは新しいことをやりたがらず、賛同は得られなかった。

　でも、あの子、結局、自分のクラスで、企画を通したってことか……。

「どうしたんだ？」

　私が書類を凝視していることを不審に思ったのか、九條くんがこちらを見る。

「この二組のクラス企画、たぶん、図書委員で却下されたやつで……」

「それで、なんで、ショック受けてるんだ？　やりたかったのか？」

「そういうわけじゃないんだけど」

　ショックを受けてるんだろうか、私は。

　べつに、やりたかったわけじゃない。余計な仕事を増やしたくないという先輩方の意見に賛同して、私も例年通りの企画だけというほうに挙手したのだ。

嫉妬、なのだろうか。

近いようにも思えるが、違う気がする。

焦り？

安全圏から出ていくひとを見て、心乱されるような……。

自分にもできるかもしれないって、プレッシャーをかけられるような……。

そこに、新しい客が入って来て、テーブルの横を通り過ぎようとした。

その客の顔に見覚えがあって、私は思わず、小さく声をあげる。

「あ……」

中学時代に私をいじめていたひとり。首謀者ではなく、取り巻きといった感じで、率先して行動は起こさないものの、いじめグループのボスに気に入られるために、誰よりもひどい悪口を私にぶつけてきた。

「あ……」

相手も私に気づいたようだった。

探るような目で、私とおなじテーブルにいるメンバーを見渡す。一瞬にして場の力関係を把握する視線。値踏み。結城さんと九條くんのところで視線が止まって、その表情が強張る。

自分が見下していじめていた子が、こんな美少女やイケメンといっしょのグループにいるという事実に、相手はショックを隠せないようだった。
「知り合い？」
九條くんに問われ、私は答える。
「中学のとき、おなじクラスだった気がするけど、名前も覚えてない」
相手は屈辱をこらえるようにして、通りすぎていく。
もっと、胸がすっとするかと思った。
でも、そんなにいい気分にはなれなかった。
焦燥感が強くなる。
こんなところにいたくない。
帰りたい。
でも、帰りたくない。
変わりたい。

13

教室の黒板には「文化祭まで、あと四日！」と大きく書かれている。
それほど行事に熱心な校風ではないとはいえ、さすがに文化祭当日まで一週間を切ると、学校全体が浮き立つような雰囲気になってきた。

先週までは実行委員の広報担当として、印刷所と交渉をしたり、近隣の中学校や商店街へポスターを配付したりといった仕事に追われ、クラス企画をあまり手伝えなかったので、その分、今週はこっちに集中するつもりだ。

教室の後ろの壁に貼りつけた作業予定表にはいろんなひとの字で「済」と書き込まれており、スケジュールに遅れはないようだが、油断は禁物だろう。

放課後になると、机と椅子を教室の前方に移動して、あいたスペースで段ボールを切ったり、小道具を作ったり、絵を描いたりといった作業が行われる。あたりには墓場とか骸骨とかの資料が広げられ、経文や卒塔婆、血まみれの手首なんかが転がっていて、ぎょっとするような有様だ。

「森さん、俺、今日はずっと、クラスのほうを手伝おうと思うんだけど」

「わかった。それじゃ、わたしもいちおう本部のほうに顔を出してみて、仕事がないようなら、こっちに戻ってくるね」

森せつなと話していたら、バレー部の女子たちが教室から出ていくのを見かけたので、廊下まで追いかけて、声をかけた。

「堀田さーん、宣伝班のダンスってどんな感じ？」

「ほぼ完成ってとこだけど」

「さすが。リハーサルとか、いつにする？」

「前日でいいんじゃない？　どうせなら、衣装合わせもしたいし」

「オッケー。よろしく」

予定はリマインダーで管理しているので、さっそく「ダンスのリハーサル」も追加しておく。

前日には自分もステージでミスターコンテストのリハーサルに出るから、時間が被らないように調整しないとな……。

そう考えて、自己アピールのときに披露する特技についてすっかり忘れていたことに気づいた。

ああ、なんか、練習しておこうと思っていたのに。

いまからでは楽器も無理だろうし、地味に困った。

特技、か。

なんでも器用にこなせるほうではあるが、改めて自分の売りを考えると、これといったものは思いつかない。

バク転でもしてお茶を濁すか……。しかし、もし、ほかの出場者がバク宙とかもっとすごい技を披露したら最悪だ。リサーチが必要だな。

ちょうどテニス部の田淵が通りかかったので、さっそく訊いてみることにした。

「なあ、田淵もミスターコンテストの出場者だったよな？」

「そうだけど」

「マジ、だるいよな。部長の横暴っつうか、上に命令されたら断れねえもんな」

「まあな」

「自己アピールのとき、なにするか決めた？　俺、なんも準備とかしてないんだけど」

廊下で立ち話をしていたところ、急に田淵が不快そうな表情を浮かべた。

「なんで、それをおまえに教えなきゃいけないんだ？」

こいつ、いきなり、どうしたんだ。

機嫌悪そうだな。

「いや、教えなきゃいけないとか、そんな話はしてないだろ。べつに、言いたくないならいいって」

軽くいなすが、田淵はにらみつけてくる。

「よく平気で話しかけてくるよな。俺に嫌われてるって自覚ないのか？」

「は？」

刺々しい口調で言われ、こちらとしては驚くしかなかった。

「おまえ、俺のこと、嫌ってんの？　ごめん。自覚なかったわ、マジで」

意外だったのは、自分が嫌われていたということより、それを田淵が隠そうともしないことだ。

俺の存在を田淵のやつが面白くないと感じているだろうなとは、うっすら思っていた。だが、そういう感情は表には出さないのがマナーってものじゃないのか。こいつ、びっくりするくらい精神年齢が低いな。もっと、大人になれよ、見苦しい。

「そういう図々しいところが嫌われる理由だって、マジで気づいてないわけ？」

あいにく、敵愾心を露わにしている相手に笑顔でいられるほど温厚ではない。こちらも段々とむかついてきた。

「実行委員を代わってやったんだし、むしろ、感謝されてるかと思ってたんだが？」

俺は腕組みをすると、田淵を見下すようにしながら、そう言い返す。

火に油を注ぐ結果となった。

「ああ？　誰が感謝なんかするか！　おまえが目立ちたかっただけだろ！」

相手が激昂するほど、こちらは冷静になる。

「田淵もさ、いくら、途中で実行委員を投げ出したとはいえ、いちおうはクラスの一員なんだから、少しくらいは準備を手伝っても罰は当たらないと思うんだけど。なあ、いまからでも遅くないから、クラスに協力すれば？」

俺がそう言えば絶対にそうしないであろうことをわかった上で、あえてそんな提案をしてやった。

「馬鹿じゃねえの！」

それこそ頭の悪そうな捨て台詞を残して、田淵は去っていく。

あいつ、文化祭の当日どうするつもりなんだろうな。クラス内に居場所がないままだと、せっかくの文化祭も楽しめないだろうに。

田淵のせいで不愉快な気分になったが、俺は大人なので、そんな感情に振り回されたりはしない。

俺のほうが有能なのは誰の目から見てもあきらかなのに、田淵は懲りずに突っかかってくる。あまりの子供っぽさに、呆れてしまうほどだ。

あんなやつ、相手にする価値もない。

不快なことはさっさと忘れて、やるべきことに集中する。

教室に戻ると、ブルーシートの上で美術部員たちが模造紙に絵を描いていた。

「これって、ダンスチームが宣伝に使うやつ？」

「うん、段ボールに貼りつけようと思って」

「ほんと、上手いよな。この人魚の鱗とか、リアルすぎるって」

俺がほめると、美術部の女子はうれしそうに顔を赤らめた。

「あ、そうだ。このあたりに『本館二階　一年一組教室』って書いてもらってもいい？　教室の場所もあったほうがわかりやすいと思うんだ」

「うん、そうするね。廊下のほうの絵は、こんな感じでいちおう仕上げてみたんだけど……」

「おう、ばっちり！　めちゃくちゃ怖いじゃん！」

装飾のほうは順調に進んでいるようだ。

あとは小道具の製作だが、そちらは笹川が中心になっているはずで……。

さっきまで笹川たちが作業していたほうを振り返ると、結城あおいが上履きを脱ごうとしているのが目に入った。そして、おもむろに机にのぼると、笹川から段ボールを受け取る。

結城あおいは机の上に立って、背伸びをしているが、きわどいことにはならない。

制服のスカートの下に、ジャージをはいてるのだ。

ダサいとしか思えないそんなすがたも、結城あおいだと可愛く見えるところがすごい。

「うーん、段ボールだと、完全に光を遮断することは難しいかも」

窓に段ボールを合わせながら、結城あおいがつぶやく。

すると、机を支えている笹川が答えた。

「まあ、朗読のときは目隠しするんだし、薄暗いくらいでいいんじゃないか」

笹川のやつ、そばにいるくせに、なんで、女子にあんなことさせてるんだ？

俺はあわてて、そちらへと近づいていく。

「危ないだろ。結城さんがそんなことしなくていいって」

ちらっと笹川に目をやったあと、結城あおいのほうを見あげる。

「降りて。俺が代わりにやるから」

だが、結城あおいは机の上に立ったままだ。

「ご心配なく。それより、メジャー取ってくれない？」

そう言われると、従うしかない。床に転がっていたメジャーを渡すと、結城あおいは窓ガラスの寸法を測って、手の甲に書きつけていく。

それから、机から飛びおりて、とんっと軽やかに着地した。

「とりあえず、段ボールを全部、スプレーで黒くしちゃおうか」

「ああ、そうだな」

「八王寺さんはそっちで、残りを切ってくれる？　それから誰かここ片づけて……」

結城あおいがてきぱきと指示を出して、ほかのやつらがそれに従う。

やっぱり、結城あおいをクラス企画の中心に引き入れたのは正解だったな。朗読の係だけじゃなく、準備にも欠かせない人物になっている。

「ちょっとだけ、結城さんのこと、借りてもいい？　朗読のリハーサルしたいから」

そう言いながら、結城あおいの腕をつかんで、軽くこちらに引き寄せようとする。

が、思いきり、振りほどかれた。

「そんな予定、聞いてないけど？」

予想外に険のある口調で言われて、たじろぎそうになる。

「そろそろ、当日の時間配分とかも考えなきゃいけないし、通しで練習しといたほうがいいんじゃないかと思って」

「明日でもいい？　今日はこっちを仕上げたいから」

「わかった。じゃ、明日よろしく。それ、俺もやろうか？　スプレーで黒く塗っていくんだろ」

「スプレー二本しかないし、九條くんは段ボールを切るほうをやって」

「ああ、了解」

八王寺が作業している横で、俺も手伝うことにした。

「これとおなじ大きさに切っていけばいいんだよな」

「うん」

「このカッター、使うぞ？」

「うん」

八王寺は相変わらず、他人と和気藹々する気はなさそうだ。こちらが話しかけても顔すらあげず、ひたすら段ボールを切っている。

会話が途切れると、窓の向こうから吹奏楽部が練習している音が聞こえてきた。トロンボーンだろうか。のびやかな金管楽器の音が響く。音楽には特に興味はないが、こんなふうに楽器が演奏できたら気持ちがいいだろうなとは思う。

「結城さんは、特技ってある？」

カッターで段ボールを切りながら、結城あおいに話しかけた。

「特技？　うーん……」

スプレー缶を片手に軽く首を傾げたあと、結城あおいは答えた。

「まわし蹴り、とか？」

「それは特技というか、必殺技なのでは……」

となりにいる笹川が小声で突っこむ。

まわし蹴りとは、思いがけない答えだ。

だが、結城あおいが自己アピールとしてまわし蹴りを披露すれば、場が盛りあがること間違いなしだろう。

「そういえば、空手やってるんだっけ。どれくらい習ってんの？」

「もう十年以上になるかな」

「そんだけやってると、やっぱ、強い？　男が相手でも勝てたりする？」

素朴な疑問だったのだが、なにかが気に障ったようだった。

むっとした表情を浮かべて、結城あおいは冷ややかな声を返してきた。

「心身の鍛錬のためにやってるから」

スプレー缶を床に置くと、代わりにベニヤ板の切れ端を手に取って、立ちあがった。

「これ、使わないやつだよね？」

指先でつまんで、板の厚さを確かめるようにして、問いかける。

「笹川くん、ちょっと、ここに立って」

手招きして、笹川を呼ぶと、結城あおいは板を持たせた。

「おい、なにを……」

「もうちょい上かな。うん、このあたり」

板を持っている笹川の手に、自分の手を重ねるようにして、角度を調節する。笹川はあきらかに女子に慣れておらず、いまもちょっと手が触れただけで、顔が赤くなって、意識しているのがバレバレだった。

「まさか……」

笹川のつぶやきに、結城あおいがにっこりと微笑む。

「ええ、やってみせてあげようと思って」

やるって、まわし蹴りか？

どうやら、そのつもりのようで、結城あおいは足を片方ずつ曲げて、膝(ひざ)や足首の関節をほぐしている。

「しっかり持っててね」

笹川に声をかけると、結城あおいはステップを踏むように、その場でぴょんぴょんと軽やかに跳んだ。

それから、両腕を後ろに引いて、一度、息を吸いこむ。

「やあっ！」

結城あおいのかけ声が響く。

一瞬、スカートがふわりと浮きあがったかと思うと、ベニヤ板が乾いた音を立てた。

速っ！

蹴りがよく見えなかったぞ。

しかし、まわし蹴りが炸裂(さくれつ)したことは確かだった。

笹川の手にある板は、真っ二つに割れていたのだ。

「おお～、かっこいい」

感嘆の声をあげて、八王寺がぱちぱちと手を叩(たた)く。

満足げな笑みを浮かべて、結城あおいは割れた板を見ている。

「はっきり言って、こんなの実戦で使うためじゃなく、いかに綺麗(きれい)に見せるかっていう技だから。特技にふさわしいでしょう？」

そういえば、去年の優勝者は瓦割りを披露したんだっけ。

まわし蹴り、か。

いいかもしれないいな。

14

昼休みになり、お弁当を食べるために席を移動したら、アリサちゃんが言った。

「あやたん、指、どうしたの？」

私の左手の親指には、大きめの絆創膏がぐるりと貼ってある。

「カッターでざっくりやっちゃって」

「うわあ、痛そう。文化祭の準備？」

「そう。自分の不器用さにほとほと悲しくなったよ」

九條くんなんてべらべら無駄口を叩きながらも作業をさくさく進めていたというのに、私ときたら黙々と集中していたのに彼の半分も段ボールを切ることができなかった。それで、急ごうとしたら、指を切るわ、血がぼたぼたと垂れてまわりに迷惑をかけてしまうわで、散々なことになった。

そんなめに遭ってまで、毎日のように放課後に残っているなんて、我ながらどうかしていると思う。

「保健室は行った？」

「ううん。森さんが絆創膏を持ってたから、貼ってくれて」

「そっか。せっかく、鬼畜様のお世話になれるところだったのにね」

残念そうにアリサちゃんは言うが、べつに私は保健室に行きたかったとはこれっぽっちも思ってはいない。

ちなみに「鬼畜様」というのは、アリサちゃんが養護教諭の高屋敷先生につけたあだ名である。

アリサちゃんの脳内設定では、保健室を訪れる男子生徒たちを次々に虜にしていく腹黒なドS攻めということになっているのだ。

「保健委員の展示って、なにするの？」

「喫煙の害について。平凡な展示だから見に来なくていいよ。委員のほうは、漫画のネタを得るために行ってるようなものだし。そうそう、ついに地下本も完成したんだよ！」

アリサちゃんの所属する漫画部では、文化祭で販売するためにオリジナルの同人誌を作っている。部員たちの漫画を集めたその同人誌は二種類あるらしく、アリサちゃんが描いているのは地下本と呼ばれるほうで、顧問の先生には見せることができない内容らしい。

「先輩の作品で、ものすごいのがあるから、あやたんも楽しみにしててね。ああ、そうだ、このあいだ貸してもらった本に入ってた『駈込み訴え』を読んだんだけど、たまんなかったよ！　どこからどう読んでも、ユダ×イエスだよね、あの話は。ユダ、可愛すぎるって！　ヤンデレ以外の何者でもないじゃん！」

太宰治の『駈込み訴え』は、ユダがイエスを裏切って、銀三十と引き換えに居場所を密告している情景を描いた短編で、愛憎入り混じる感情に独占欲まで滲み出ていて、絶対にアリサちゃんなら気に入るだろうと思った。

「でしょう？　聖書の二次創作であんな短編を書いちゃうとか、太宰って天才だよね」

「うんうん。常々、イエスは総受けだと思っていたんだよ」

敬虔なクリスチャンの耳に入れば火あぶりにされかねないような話をしながら、私たちはお弁当箱を空にする。

憩いのひととき。

このところ、文化祭の準備で緊張していたというか、役立たずだとか能なしだとか邪魔だとか思われたりしないように気を張っていたので、アリサちゃんとの会話にしみじみ癒される。

「お気に召したようで、光栄の至りでございますわ」

　ふざけた言い方をするのは、照れ隠しだ。

　自分の薦めた本を「面白かった」と言われると、どうしようもなくうれしい。

　心が通じた、という錯覚。

　存在を許されたような気になれる。

「あやたんが教えてくれる本って、ほんと、はずれがないよね。あたし、これまで漫画のほうが断然面白いと思っていたけれど、小説にも目覚めつつあるもん」

「アリサちゃんが貸してくれる漫画も面白いよ。しかも、アリサちゃんは自分でも描くじゃない」

「あやたんも小説、書けばいいのに」

「ええっ、無理だよ」

「キャラのこと、好きになって、萌えが抑えきれなくなると、もう、自分でも創作するしかなくなるじゃん。あやたんは、そういうこと、ないの？」

「そんな才能ないし……」

「才能とか関係ないんだって！　あたしだって絵もお話作りも下手だし、自分に才能がないのはわかりきってるけど、それでも描きたくなるんだよ」

アリサちゃんの行っている創作活動は、言ってしまえば自己満足だ。気恥ずかしく思う一方で、猛烈にうらやましいと感じる自分もいる。どこまでも欲望に忠実で、あっけらかんと曝け出してしまえるなんて、生まれ変わりでもしない限り私には持ち得ない強さだ。

「漫画部の子が言ってたんだけど、文化祭でビブリオバトルやるクラスがあるらしいね。あやたん、出ないの？」

「出ないよ。出るわけないって！」

私は頭を勢いよく横にぶんぶんと動かす。

何気ない会話の流れでの発言。

それなのに、過剰に反応してしまった。

「どうして？　あやたんにぴったりの企画だと思うのに。いつも、あたしに面白い本を教えてくれるじゃん」

「だって、ほら、それはアリサちゃんが喜んでくれるかなとか、アリサちゃんはこういうの好きかもとか、アリサちゃんのことを考えて、アリサちゃんのために選んでいるからであって、そんな、不特定多数のひとの前で話すなんて、絶対に無理だから！」

きっぱりと断言すると、アリサちゃんはそれ以上、なにも言わなかった。

西日に照らされて、教室がオレンジ色に染まっていく。

今日から部活が休みに入ったので、手伝いの人数が増えた。その分、私のやるべき作業は減ってしまう。

美術部の弘田さんから頼まれた色塗りを終えると、次になにをすればいいのかわからなかった。

手持ち無沙汰を周囲に悟られないように、窓に近づいて、外の風景を眺める。

暮れゆく空。

この夕日の色を知っている。

幼いころ。こんなふうに寄る辺ない気持ちで、夕暮れを見つめていたことがあった。保育園の砂場の近く。お迎えの保護者がやって来て、ひとり、またひとりと園児たちは帰って行く。私たちは、いつも、取り残されていた。

私たち。

そう、九條くんと私だ。

日が暮れても、私たちのお迎えは来なかった。私たちの通っていた保育園では、延長保育をしているのはふたりだけだった。

「おい、八王寺。なにサボってんだよ」

九條くんのことを考えていたら、本人がそばに立っていた。

すっかり背が高くなり、すかした顔つきで、子供のころの面影は感じられない。

泣いていたくせに。

ほかの子たちが保育園に慣れたあとも、彼だけは毎朝、別れ際に母親にしがみつき、離れたくないと駄々をこねて、なりふり構わず号泣していた。

そんな彼を見ながら、当時の私は……。

「やることないんだったら、これ、手伝って」

九條くんが差し出した段ボールには、おどろおどろしい書体で「暗」「闇」「朗」「読」という文字が書かれていた。

「まわりを適当に切ればいいから。手、だいじょうぶか？　今日は切るなよ」

教室の床にぺたりと座り、それぞれにハサミを持って、私は「暗」の文字を、九條くんは「闇」の文字を切り抜いていく。

母親と離れがたい。

早くお迎えが来てほしい。

そんな気持ち、私の心のどこを探しても、見つからなかった。

だから、イラついた。

あのころ、九條くんとふたり、保育園に残されて、彼が淋(さび)しそうな素振りを見せるたびに、面白くない気分になったのだった。

それでいて、九條くんの母親が早くお迎えに来ればいい、と切に願っていた。

綺麗なひとだった。

顔はよく覚えていないけれど、明るい色の服装で、スカートが可愛くて、いい匂いがした。あらわれた途端にその場がぱっと華やぐような気がして、それはたぶん、九條くんが見せるうれしそうな表情の印象でもあるのだろう。

「文化祭、九條くんのお母さんは来るの？」

切り抜いた文字を渡して、私は訊ねる。

「……はあ？」

呆気にとられたような表情をしたあと、九條くんは顔をしかめた。

「なに言ってんだ、いきなり。わけわかんねえな、ほんと」

眉のあいだにしわを寄せ、これぞ「渋面」という言葉の見本といった表情を作って、九條くんはこちらを見ている。

「なんとなく、気になったから。九條くんのお母さんが、いま、どんな感じなのか、見てみたくて」

「はいっ？　なんで、おまえが……って、ああ、会ったことあんのか。おなじ保育園だったもんな。……でも、俺、八王寺の親のことなんか、全然覚えてねえけど」

「九條くんのお迎えのほうが先だったからね。私の親が迎えに来る時間には、もう九條くんは帰ったあとだったし」

「つうか、そもそも、俺、あんま、子供のころの記憶がないんだよな。八王寺のことも言われるまで思い出さなかったし」

彼にとって当時のことは忘れたい記憶なのだろうか。嫌なことは忘れてしまったほうが生きやすい。

「私は保育園での出来事を鮮明に思い出すことができるけど。本人である九條くん以上に、昔の九條くんのことを覚えてるかもしれない」

保育園に通っていたころが幸福だったわけでもないのに、私は何度も思い出してしまう。

私が頻繁に過去を思い出すのは、手持ちの材料がそこにしかないからかもしれない。いまを生きていない。いまを生きることから逃げている。

「なんだ、それ。気持ち悪いな」

中学時代にいじめられていたおかげで、他人から「気持ち悪い」と評されることには慣れているので、いまさら動じたりはしない。

「小学校のことは？　椅子取りゲームで泣いたことも、覚えてない？」

音楽が鳴る。音楽が止まる。空いている椅子を探す。音楽が鳴る。音楽が止まる。

椅子がひとつずつ、減っていく。音楽が鳴る。音楽が止まる。小学生の九條くんは必死になって、そのゲームに参加していた。夢中になるあまり、ほかの子と小競り合いになって、負けたことが悔しかったのか、相手がズルをしたという主張が認められなくて腹立たしかったのか、怒りに燃える瞳から涙をこぼしていた。

私は早々に諦めて、椅子には執着していなかった。おそらく、残念だとも感じていなかっただろう。

自分の気持ちよりも、あのときの九條くんの感情の発露を強く覚えている。

「どうしたんだ、おまえ。なんで、わざわざ、そんな話をするんだ？　ほんと、やめろって。嫌がらせか？」

ただの雑談のつもりだったのだが、九條くんを怒らせてしまったようだ。

嫌がらせのつもりなんてなかった。でも、無意識のうちに、彼を傷つけたくなっていたのかもしれない。

保育園のときの気持ちを思い出したせいで……。

母親のことが大好きだった九條くん。

父親の存在を知らなかった九條くん。

私も、彼も、大人の都合に振りまわされていた。

それなのに、それぞれの関係は正反対といってよかった。

私は母親がいなくてもまったく平気で、そのことに誇りを持っていたのだ。

縋るように母親を求めている九條くんを見ていると、痛々しくて、もっと痛めつけてやりたくなった。

そんなものがなくても生きていけるのだと、早く気づかせてあげたかった。

「おまえさ、意味なく親の話とかすんの、やめろよ。すげえ気分悪い」

彼にしては乱暴な口調でそう言って、私の切り抜いた文字を奪うようにして立ちあがると、九條くんは去って行った。

誰かの神経を逆撫でしたり、嫌われたりするのは、私の得意技のようなものだ。

だとしても、九條くんがここまで余裕のなさそうな態度を見せるとは思わなかった。

もしかしたら、さすがの彼も疲れているのかもしれない。

文化祭当日までに準備を間に合わせなければならないというプレッシャー。

私は心の片隅で文化祭なんかくだらないと思っていて、はっきり言ってクラス企画の完成度もどうでもいいのだけれど、ゲームに熱くなる九條くんはまたちがうのだろう。

顔をあげると、窓の外は暗かった。

十一月の太陽は思っている以上に早く沈んでしまう。

夕日が空を赤く染めていたのは一瞬のこと。

もうすぐ下校時刻。

今日という日が終わっていく。

そしてまた、文化祭へのカウントダウンが進む。

15

まわし蹴りは、一晩でマスターした。

実際のところ、蹴りで薄い板を割るくらいなら、勢いさえあればそんなに難しいことじゃない。

べつに空手の試合に出るわけじゃないし、なんとなくかっこよさげに見えればそれでいい。しかも、空手の試し割りに使うための割れやすい板なんてものも売っていたので、手に入れることにした。強度の低い板やバットを使っているなんて詐欺みたいではあるが、見栄えがするなら利用しない手はない。去年の優勝者が見せたという瓦割りも、そういうものを使っていたのだろう。

これでミスターコンテストの自己アピールもどうにかなりそうだし、クラス企画のほうも順調に進んでいる。

実行委員の仕事がまだ少し残っていたが、そちらは森せつなに任せることになったので、俺はクラス企画の仕上げを手伝う。

机の上に乗り、両手を伸ばして、天井の装飾をしていると、結城あおいに呼びかけられた。さっきまで小道具の製作を手伝っていたが、そっちは終わったようだ。

「朗読のリハだけど、いまやる？」

こちらを見あげて、結城あおいが言う。

「うん、いいけど」

机から飛びおりて、俺はふと思いついた。

「あ、そうだ。その前に、ちょっとだけ、見てくんない？」

昨日の結城あおいとおなじように、床に転がっていた板の切れ端を手に取って、笹川に声をかける。

「笹川。これ、持って」

「え？　なに……」

戸惑いながらも、笹川は俺の意図をすぐに理解したようで、立ちあがって板を構えた。

「このあたりでいいのか？」

「もうちょい、上かも」

家で母親相手に練習をしてみたときには成功したので問題はないと思うが、結城あおいにも見てもらっておいたほうがいいだろう。

「蹴るつもり？」

結城あおいに言われ、俺はうなずく。

「うん、割るつもり」

「できるの？　下手したら、足を痛めるけど」

「いまんところ、失敗してないから、たぶん、いけると思うんだけど。フォームとか、いちおう、チェックして」

「いや、フォームっていうかさ……」

「せっかく結城さんが教えてくれた特技だし、自己アピールで使わせてもらおうと思って」

結城あおいを真似て、その場で何度か軽くジャンプしたあと、気合を入れる。

「はっ！」

右足を大きく回転させ、勢いよく板をぶち抜く。

はずだったのだが、当たりが悪かった。

「……っつ！」

笹川が焦ったような顔で、板から手を離す。板は割れないまま、床に転がった。

おいおい、なにしてんだよ。ちゃんと持ってろよな、まったく。

「……あ、ごめん」

笹川は慌てて、板を拾いあげようとする。だが、顔をしかめて、板を取り落した。

その笹川の手を、結城あおいがつかむ。

「見せて」

不機嫌そうな低い声で言って、結城あおいは笹川の指にそっと触れた。

「曲がる？」

ゆっくりと指を曲げようとして、笹川の顔が歪(ゆが)む。

「……痛っ」

呆(あき)れたように、結城あおいがため息をつく。

「突き指したのかも」

まわりのやつらも作業の手をとめて、心配そうに笹川を見ている。

「ったく、素人がそういうことするから！」

苛立(いらだ)たしげに言って、結城あおいがこちらに目を向けた。

敵意丸出しのまなざし。

結城あおいが、俺をにらみつける。

美人は怒っていても、美人だ。

怒りのせいで、瞳(ひとみ)が一層、強く輝いている。

美人なのは認めるが、だからといって、こんなふうに責めるような目で見られて、不愉快にならないわけじゃない。

「事故みたいなもんだろ」

つい、言い訳めいたことを口にしてしまう。

「だいたい、結城さんとおなじことしただけっていうか」

「あたしはいいの！」

どういう理屈だよ、それは。

俺の蹴りには問題なかったはずだ。笹川がしっかり持ってさえいれば、失敗しなかったわけで……。

「保健室、行ってくる」

結城あおいはぴりぴりとした空気を放ちながら、笹川を連れて行こうとする。

「悪かったな、笹川。だいじょうぶか？」

教室から出ようとする背中に声をかけると、笹川は振り返って、ぎこちなく笑ってみせた。

「いや、不可抗力っていうか、こっちこそ、ちゃんと持ってなかったから」

まあ、突き指くらいなら大したこともないだろう。バスケ部の俺からすれば、いちいち保健室に行くほどのことでもないと思うのだが。本人はそんなに気にしていなさそうなのに、結城あおいが大袈裟な反応をしたせいで、すっかり、こっちは悪者扱いだ。

視線を感じて、美術部の弘田花音がじっと俺のことを見てるのに気づく。

これまでも、弘田花音はよく俺のことを見つめていた。そして、俺がそっちを見ると、慌てたように目をそらすのだ。

「遊んでないで、ちゃんと作業しないと駄目だよな。反省してる」

軽く肩をすくめ、おどけた口調で弘田花音に話しかけることで、周囲の空気を変えた。

「そっちは順調？　画材とか足りてる？」

必要なものはないかとか、いつまでにできあがりそうだとか、進捗を確認していく。

弘田花音と話していると、美術部のほかの女子たちが意味ありげな笑みを浮かべて、目配せをしているのに気づいた。

わかりやすい反応だ。女子たちのこういう態度は、これまでにも経験したことがある。グループ内の誰かの恋を応援している女子たち。

弘田花音の態度も、実にわかりやすい。

はにかむ笑顔。赤くなった頬。何度も自分の髪に触れて、ときどき、困ったようにうつむく。

自分に好意を持っている相手には、こちらも悪い気はしないものだ。

容姿のレベルはそれほど高くない弘田花音ではあるが、目を伏せたりする仕草は可愛く感じる。

それに比べて……。

結城あおいは、可愛くない。

なんだよ、あいつ。見た目は極上だけど、性格に難ありすぎるだろ。最初のころは猫を被っていたから、さばさばした性格くらいに思っていたが、段々と素が見えてきた。気が強いだけじゃなく、妙に対抗意識を感じる。あれほどの美人なのに彼氏がいないのも納得というか、男嫌いなんじゃないのか。

机の上に立って作業していたときも、せっかく代わってやるって言ったのに、頑なに拒否したし、本当に可愛げのない女だ。

いまだって、自分の特技を俺があっさりとマスターしたのが面白くなかったようだった。

考えれば考えるほど、むしゃくしゃする。自分だって、笹川をおなじように扱っていたくせに。俺が悪いわけじゃない。なのに、俺のことをあんな目で見るなんて……。

結局、朗読のリハーサルはできないまま、下校時刻となった。

電車を降りたあと、腹が減って我慢できなかったので、パンを買う。閉店間際で値引きされていたコロッケパンにかじりつきながら、街灯に照らされた道を歩いているど、女子に声をかけられた。

「九條くん？」

振り返ると、おなじ中学だった早乙女唯奈が立っていた。

「よお、久しぶりだな、早乙女」

早乙女唯奈は生徒会のメンバーでもあったので、去年一年間はよく話をしていたが、卒業してからはすっかり交流が途絶えていた。

「元気そうだな。部活の帰り？」

たしか、私立の女子校に通っているはずだ。

中学のときには短めだった髪が伸びて、肩にかかるくらいになっている。赤茶色のフレームの眼鏡は変わらない。

「うん。九條くんも？」

「いんや、俺んとこは文化祭前だから、その準備」

「そっか。いまの時期なんだ。うちは九月だったけど、そっちは遅いんだね」

中学時代、俺たちはおなじ高校を目指していた。そして、俺は受かったが、早乙女唯奈は落ちたのだった。

「俺、そこの自販機で飲み物、買いたいんだけど。早乙女もなんか飲む？」

「うん。……飲む」

残りのパンを口に詰め込み、自販機でビタミン入りの炭酸ジュースを買う。

「なにがいい？」

「いいよ。自分で買うから」

早乙女唯奈は見覚えのあるパンダの小銭入れを出して、自分で自販機に硬貨を入れる。

ペットボトルの紅茶を選ぶだろうと思っていたら、案の定、そのボタンを押した。

「早乙女、それ、好きだよな」

「九條くんも、そのジュース、よく飲んでたよね」

ガードレールに腰かけて、俺は早乙女唯奈と話す。

高校生活のこと、中学時代の思い出など、とりとめのない話をしているあいだ、早乙女唯奈は落ちつかない様子で、何度も髪を耳にかけたり、瞬き（まばた）を繰り返していた。

自分への好意に気づかないほど、鈍感じゃない。

生徒会の活動をしたり、いっしょに勉強をしたりしているうちに、早乙女唯奈がどんどん俺への思いを強めているのであろうことは想像がついた。

告白されたら面倒だな、と思っていた。

去年は受験生だったから、余裕がなかったのだ。

だから、予防線を張った。わざと、ほかの女子から告白された話をして、ため息をつきながら、こんなことを言った。

「困るよな」

「断るにしても、傷つけないようにとか、気を遣うし」

「俺、誰とも、つきあったりするつもりないのに」

狙いどおり、早乙女唯奈はなにも言わないまま、卒業をした。

だが、いま、こうして態度を見ていると、やはり、早乙女唯奈が俺のことを意識しているのは確実だ。

つきあうつもりのない相手から告白されても面倒なだけ。

そう思っていたけれど……。

早乙女唯奈が相手なら、面倒なことにはならないんじゃないだろうか。

そんな気がした。

早乙女唯奈はサポート役が似合うというか、控えめな性格だ。出しゃばらない。わきまえている。投票によって生徒会役員に選ばれたときも、思いあがったりせず、淡々と自分の役目を果たしていた。

そういうところ、わりと好感を持っていたんだよな、こっちも。

もし、告白をされた場合に、きっぱり断ってしまうことをもったいないと思うくらいには。

「なあ、早乙女」

呼びかけると、早乙女唯奈はぴくっと体を震わせて、こちらを見あげた。

「なに？」

「眼鏡、外してみて」

早乙女唯奈は驚いたように瞬きを繰り返す。

「えっ？　なんで？」

「いや、なんとなく。早乙女って、どんな顔してんのかなと思って」

素顔を見てみたかった。

「やだ、いきなり……、なんで、そんなこと……」

早乙女唯奈は困ったようにつぶやいて、うつむく。顔が真っ赤だ。

おたおたしている早乙女唯奈を見ていると、笑い出したいような気分になってきた。

絶対的優位。

客観的な顔立ちとは関係なく、相手が可愛く思えてくる。

「ただの好奇心なんだけど。ちょっと見てみたいだけ。いいだろ？」

早乙女唯奈は俺の要求を拒否しない。

強引に押していけば、どんなことでもやらせてくれそうだ。

なにも言わず、じっと見つめていると、早乙女唯奈は観念したように目を閉じた。

それから、両手で眼鏡を持って、ゆっくりと外す。

「こんな顔、なんだけど？」

おそるおそるという感じで、早乙女唯奈は目を開けて、こちらを見た。

ありのままの顔をまじまじと見つめる。

「ふーん。……普通だな」

「なっ！」

憤慨した様子で、早乙女唯奈は声をあげた。

「ひどい！」

傷ついたように言われ、笑いながら謝る。

「ごめんごめん。普通に可愛いっていう意味だから」

「なに、それ。もう、変なこと言わないでよね」

怒ってはいるが、甘えたような口調だ。

結城あおいが見せた怒りとは、まったくちがう。

「九條くん」

思いつめたような顔で、早乙女唯奈が俺の名前を呼ぶ。

「あの、私……」

潤んだ瞳。

なにか言いたげに、半開きになったくちびる。

セフレのいるヨシカズのことを羨ましいとは思わない。でも、先を越されて、悔しいという気持ちもないわけじゃなく……。

いろんなことをさっさと経験して、大したことないんだと理解して、冷静に対処できるようになってしまいたかった。

本気で好きじゃないくせに、そんなことをするのは不誠実だということはわかっている。

それでも……。

早乙女唯奈なら、べつの高校だから、噂になる可能性も少ない。

もし、いま、ここで、このまま、くちびるを奪っても、許してくれるんじゃないだろうか……。

16

文化祭まであと二日。

ハレの日が近づいてくる興奮が校内には満ちており、私も浮き立つような気分になってきた。

こんなふうにまわりの雰囲気に飲み込まれるなんて、自分が自分じゃないみたいだ。いつもはまわりに馴染めず、異物であることを痛感しているのに。

勉学の場であるはずの教室が、様変わりしていく。

すべてを飲み込む荒れた暗い海。怖ろしくも耽美な人魚。赤い蠟燭。血の手形。混沌。原始の恐怖。

美術部員たちの力作である装飾は、異界への扉を開く。

アイマスクをつけると、視覚が奪われる。

なにも見えないということは、それだけで不安になる。いかに普段、自分が視覚に頼っているかを思い知る。

案内係に手を引かれ、なにも見えない場所へと足を踏み出す。他人との接触に慣れていないから、案内係であるクラスメイトの女子の手の感覚に、少しドキドキしてしまう。

椅子に座って、耳を澄ます。

結城さんの声が、耳に届く。

朗読のリハーサル。

自分で本を読むときとはちがって、朗読を聞くというのは、ひたすら受け身だ。声が紡ぐ物語に、追随するしかない。

文字ではなく、音の世界。

読み飛ばすこともできず、留まることもできず、暗闇のなか、連れて行かれる。否応なしに、ぐんぐん引き込まれる。物語の世界へと。

耳から聞こえる言葉によって、イメージが広がっていく。

私が読書を好むのは、自分のペースを守ることができるからだ。

けれども、誰かの声による物語に身をゆだねることは、思いのほか、気持ちがよかった。

やがて、物語が終わり、私はアイマスクを外す。

となりの席では九條くんが時計を見て、朗読にかかった時間を確認していた。

「すごいな。時間、ぴったりだ。さすがは結城さん」

九條くんの声がどこか硬い気がするのは私の思い過ごしだろうか。

「こういうの、得意だから」

半円の中心で座っていた結城さんが、手に持っていた本を閉じる。

「空手やピアノも似たようなものだし。型のとおりに演武したり、譜面のとおりに弾いたり」

「器用なんだな」

「そう？　練習さえすれば、誰にでもできると思うけど」

「いやいや、声もいいし。声のよさって、生まれついてのものだろ」

九條くんは意識してか、無意識なのかはわからないが、よく女子をほめる。たいていの人間は、ほめられたらいい気分になるから、彼に対してますます好感を持つだろう。処世術として、相手を快くするようなことを言うのが習い性となっているのかもしれない。

しかし、結城さんにはあまり効果がなさそうだった。

九條くんが「生まれついてのもの」と言ったとき、結城さんの顔にはわずかに嫌悪感が浮かんでいた。よほど注意深く観察していない限り、気づかないような感情の機微だけど、私には伝わったように思えたのだ。

同類、だからだろうか。

まさか！

心に浮かんだ考えを即座に否定する。

私と結城さんをおなじ立場におくなんて、おこがましいにもほどがある。

しかし、似ている……ところもあるかもしれない。

結城さんは見事なまでに、他人に甘えない。

あれほどの美人なのに、その容姿を武器にしないどころか、疎ましく思っているような節もあり、そういうところが女子から嫌われない理由なのだと思う。

美人であることを利用すれば、もっと生きやすいだろうに。

外見の呪縛（じゅばく）から逃れようとしているところ。

逆のベクトルかもしれないけれど、私と結城さんには通じるものがあるかもしれない……なんて考えてみたのだ。

アイマスクをつけて、またべつの朗読がはじまる。

「こんな夢を見た」

夏目漱石の『夢十夜』だ。

結城さんの静かな落ちついた声が、ぞくりとするような掌編を淡々と読みあげていく。

ひとつの作品が終わると、またアイマスクを外して、時間を確認する。

リハーサルといっても、本番とまったくおなじというわけではない。小道具がすべてできあがれば、このあとに触覚を活（い）かした演出も行われるはずだ。

「廊下の話し声とか聞こえたら興ざめだから、できるだけ、音をシャットアウトしたいよな」

九條くんの言葉に、笹川くんが口を開く。

「ボリューム控えめで、ＢＧＭを流すのは？　音は音で消せるから」

「いいかもな。恐怖を煽る感じの音楽がいいよな」

九條くんがうなずくと、森さんが言う。

「ホラー映画のサントラなら、うちにあるけど」

「それ、ばっちりじゃん」

みんながそれぞれに意見を出し合って、企画を成功させようとしている。

祭りの準備。

私の住んでいる場所には、伝統的な祭りなんてものはない。本物の祭りを経験したことのない私だが、学校行事を通じて、柳田國男の本に出てくるハレとケの概念というものが理解できるような気がした。


すっかり暗くなった空の下、私たちは帰路につく。共同作業をして、日暮れを迎える。まるで群れの一員になったような気がする。

クラスのみんなが、私がここにいることを、当たり前として受け入れてくれている。

自分を取り巻く環境の変化が、うれしくもあり、不安でもあった。

みんなで駅まで歩いて、改札を通ろうとしたとき、鞄を探って、大切なものがないことに気づいた。

「あ……、財布、忘れた」

立ちどまった私に、九條くんが近づいてくる。ほかの子たちは、もう改札を通りすぎたあとだった。

「マジかよ。教室？」

「うん、たぶん。定期が……」

購買に行ったあと、机にかけてあるもうひとつの鞄のほうに仕舞った気がする。

「電車賃、貸してやろうか？」

「いい。取りに戻る」

「これから？　校門、閉まってんじゃね？」

踵を返して、私はさっき来た道へと歩き出す。

すると、後ろで九條くんの声がした。

「八王寺が財布忘れたらしいから、いっしょに戻るわ」

ひとのミスを大きな声で言わないでほしいものだ。

九條くんと並んで、急ぎ足で、学校へと戻る。インターフォンを鳴らすと、まだ先生はいたので、すんなり校内に入ることができた。

財布は思ったとおりの場所にあり、すぐに見つかったので、ほっとする。

「あったのか？　よかったな。なくしたわけじゃなくて」

「こっちに入れたのは覚えてたから」

校内から出ると、さっきよりはゆっくりとした足取りで、駅へと向かった。

黙りこくったまま歩くのもなんなので、話題を振る。

「結城さんのこと、好きなの？」

数秒の間の後。

「はあっ？」

九條くんが品のない声をあげた。

「おまえなあ、ほんと、いきなり、わけわかんないこと言うのやめろよ」

ほとほと呆(あき)れたような口調で言われる。

「九條くんって、ああいうタイプ、好きだろうなと思って」

「なんで、おまえにそんなことわかるんだ。だいたい、結城さんには悪いけど、俺、ああいう気の強い女子って、好みじゃないから」

誤魔化したり、はぐらかしたりせず、きっぱりと否定したところで、確信した。

九條くんにとって、結城さんは特別な存在になりつつある。

もし、本当に、なんとも思っていなければ、わざわざ「好みじゃない」なんて言わないだろう。

酸っぱい葡萄(ぶどう)だ。

手に入らないかもしれないから、欲しくないふりをする。

ふいに、保育園のときの情景が思い浮かぶ。

幼いすがたの九條くん。砂場で山を作っていて、ほかの子たちに壊されたときも、おなじような口調で言っていた。

「べつに。あんなの、どうでもいいよ」

本当は真剣な目をして、砂山にトンネルを掘ろうと何度も挑戦していたくせに。

それからしばらく、彼は砂場に近づかなかった。

「自信家に見えるけど、九條くんって臆病だよね」

「だから、なんなんだよ、おまえは。知ったようなことを言うなって」

「結城さんを好きになっても無駄だっていうこと、薄々、気づいているんでしょう？　だから、そんな強がりを言ってるんじゃないの？」

みっともない負け惜しみ。

そんな自分に気づかないくらい、九條くんはすでに結城さんに囚われている。

「なんで、無駄だと思うんだ？」

むっとした顔で、九條くんが聞き返す。

「結城さんが九條くんのことを好きになる確率はゼロに近いから」

「そんなの、わかんねえだろ。決めつけるなよ」

「絶対に無理、無駄だと思うよ。だって、結城さん、好きなひとがいるらしいし」

あ、しまった。

ぽろっと漏らしてから、失言に気づく。結城さんが秘密にしておいてほしいかもしれないことを、勝手に話してしまった。

「……好きなひとって、誰だ?」

しばらく沈黙したあと、たまりかねたように九條くんが訊ねた。

「さあ。そこまでは知らないけど」

「適当なやつだな」

「でも、結城さんが片思いをしていることは本当。だから、九條くんの付け入る隙はないってこと」

「つきあっているわけじゃなくて、片思いなら、いくらでも可能性はあるだろ」

「振り向かせる自信があると?」

「だから、そもそも、俺は結城さんのことが好きとか、そういうんじゃないから」

わざとらしくため息をついて、九條くんはこちらを見た。

「おまえこそ、なんで、そんなに突っかかってくるわけ? 俺のこと、好きなのか?」

九條くんの質問に、私は即答できない。

街灯の下で、ぼんやりと立ちどまる。

なにも答えずにいると、彼は決まり悪そうな表情を浮かべた。

「おい、黙るなよ」

彼のことが気にかかるのは、たしかだ。

しかし、それが恋愛感情によるものかといわれると、ちがう気がする。

「さあ。わからない。私、いままで、誰かを好きになったことなんかないから」

改めて、目の前にいる九條くんのすがたを眺めてみる。

ここに立っているのは、すらりと背が高くて、顔立ちの整った男子高校生だ。

しかし、私が見ているのは、いまの彼ではなく、子供のころの幻影なのかもしれない。

そして、それは同時に、幼いころの九條くんでありつつ、幼いころの私でもあるのだろう。

過去を共有しているから、どうしても重ね合わせてしまう。

「どちらかというと、九條くんのことよりも、結城さんのほうが好きかもしれない」

そうつぶやいて、私は歩き出した。

「うん、結城さんって、まさに私の好みのタイプだわ」

美形で、頭がよくて、少し変わり者。

結城さんのお兄さんが私のツボを押しまくりのひとであるだけでなく、その妹である結城さんもたまらなく魅力的だ。

「もちろん、九條くんよりも、アリサちゃんのほうが好きだし。あと、私、森さんのことも、かなり好きなんだよね。もともと気になっていたんだけど、文化祭の準備でやりとりするようになって、やっぱり、いい子だなあって思って」

それらの好きという感情が、恋心ではないことはちゃんとわかっている。

それでも、私にとっては、他人に好意を持つこと自体、久しぶりで、得がたい経験だ。

「……笹川は？」

彼にしてはめずらしく、不機嫌そうな声を隠しもしない。

「笹川くん？　ああ、彼もいいひとだよね。うん、かなり好感度は高い」

「でも、俺のほうが……」

なにか言いかけて、九條くんは口をつぐんだ。

とりとめもない話をしているうちに、駅に着いた。

「俺のほうが、なに？」

「いや、なんでもない。つうか、おまえと話していると調子狂う」

忌々しげにつぶやいて、九條くんは改札を抜けた。

17

こんな夢を見た。

縄跳びをしている。何度も、何度も。ひゅひゅひゅひゅんっ、ひゅひゅひゅひゅんっ、ひゅひゅひゅんっ、ひゅひゅひゅひゅんっ……。縄が風を切る音だけが響く。細いビニール製の縄。色はブルー。

はやぶさと呼ばれる技をマスターするため、ひたすら練習を繰り返す。はやぶさができる男子は、かっこいい。小学生の常識である。

かっこ悪いところを見られるのは嫌だ。だから、なんとしてでも、今度の体育の時間までには成功させたい。

「縄が悪いからだよ」

どこからか、声が聞こえた。

手と足の動きを止めて、振り返る。

知らない女の子が立っていた。

顔がよくわからない。逆光のせいか、影になっている。黒く塗りつぶされたような顔。可愛いかどうかの判別もつかない。

「そんな縄しか持っていないから、うまく跳べないんだ」

その言葉に、言い返す。

「じゃあ、どんな縄ならいいんだよ」

気がつくと、女の子は縄跳びをしていた。

ぴょん、ぴょん、ぴょん、ぴょん……。

ただの平跳び。そんなの、だれだって簡単にできる。

女の子は、跳ぶのをやめた。

そして、こちらに縄を持った手を突き出してくる。

「はい、あげる」

だらりと伸びた縄。

受け取ると、それが動き出した。

にょろりと身をくねらせて、腕に這い上ろうとしたのだ。

「うわあっ！」

驚きの声をあげて、手を振り払う。

地面に、縄が落ちる。

ちがう。

蛇だ。

いつのまにか、縄が、蛇に変わっていた。

「九條、なに、やってんだ？」

小学生のときにおなじクラスだったはずなのに名前の思い出せない男子が声をかけてくる。

「遊ぼうぜ」

「俺たちと、遊ぼうぜ」

さっきの女の子とはちがって、男子の顔は影になっていない。くっきりと見えているのに、判別がつかない。似たような顔の小学生男子たちが、わらわらと集まって来る。

やがて、男子たちはなにか言い争いをはじめた。地面を指さして、口々に「縄だ縄だ」「蛇だ蛇だ」「縄だ縄だ」「蛇だ蛇だ」「動くはずがない、動くはずが」「動くのだ、動いてしまう」と主張している。

縄は地面でのたくっている。縄が独りでに動くはずがないのだから、これは蛇なのだろう。

「九條くん、あたしたちと遊ぼう」

「ねえ、ねえ、こっちで遊ぼうよ」

両手をつかまれ、女の子に引っ張られ、どこかへと連れて行かれる。

ピーヒョロロ……。

甲高い音。

遠くから、笛の鳴る音が響く。

蛇はするすると地面を這って、まるで笛の音に導かれるように、どこかへ消えてしまった。

変な夢だ。

夢のなかで、これが夢だということを自覚している。

本当の自分は、すでに小学生でもなければ、はやぶさだってとっくの昔にできるようになっていた。

そして、もうすぐ文化祭。

準備万端。なにも問題はないはずだ。予期せぬトラブルも少しはあるかもしれないが、その場で対処できるだろう。だいじょうぶ。成功する。心配ない。うまくやれる。

「お母さんも、文化祭をのぞきに行こうかしら」

さっきの会話だ。

ダイニングテーブルでのやりとり。

「いや、来なくていいから」

「あら、つれない返事ね。いつも、学校の行事には絶対に来てって、駄々をこねていたくせに」

「そんなの、小学生くらいのころの話だろ」

「もう、ママが来てくれなくて淋しいって、泣いたりしないの？」

「なにを言い出すんだか……」

たしかに、わがままを言ったことはあったが、まだ分別のつかない年齢だったのだから仕方ない。仕事よりも自分を優先してほしい、と呆れるほど強く望んでいた。いまとなっては、思い出したくもない記憶だ。

「私は、潤の小学生最後の運動会、応援に行けなくて、とっても淋しかったけれど」

「酔ってんのか？」

「あのころは仕事を選べるような立場じゃなかったのよね。だから、どちらかを諦めるしかなかった。でも、いまはちがう。ミスターコンテストに出るんでしょう？　息子の晴れ舞台なんだから、見に行かなくちゃ」

「いいって、べつに。本気で、来てほしいとか思ってないから」

どちらかというと来てほしくはない。はっきり言って迷惑だ。親なんか邪魔なだけ。

だが、まあ、見られて恥ずかしい親というわけでもない。

どうしてもと言うのなら、頑なに反抗するのも大人げない態度だろう。どうせ、俺がなにを言ったところで、このひとを止めることなんてできないというのは、これまでの経験から知っている。

「私が見に行きたいの。潤のためじゃなく、私が行きたいから行くわ。高校の文化祭なんて、若さがあふれていて、いいエネルギーをもらえそうだもの」

見あげると、母親は虎になっていた。

母親と並んで、草の茂みにひそんで、獲物がやって来るのを待ち伏せしている。母親が虎であるように、俺も虎だ。

目の前を一羽の兎が通り過ぎようとした。

虎としての本能が、疼く。

となりにいる母親が動くよりも先に、俺は地面を蹴る。高く跳びあがり、前足の爪を兎に食いこませる。口が血にまみれる。兎の毛が飛び散る。

自分ひとりでも立派に獲物を狩れるのだ、と誇らしい気持ちでいっぱいになる。自分の力を知らしめるため、咆哮したくなる。

やがて、母親が跳ぶ。軽々と跳躍する。音もなく茂みからすがたを現して、獲物を組み伏せる。大きな獲物。鹿だ。首筋に牙が突き刺さり、一瞬にして絶命する。

母親が獲物を咥えたまま、こちらを見る。

虎から、人間へと、すがたを変える。

「潤、あなたは好きなように生きていいのよ」

無表情でそう言われ、なんと答えればいいのかわからない。

狩りが上達すれば、別れの季節。自分だけの縄張りを持たなければならない。

俺は駆け出す。虎のままで。四肢で大地を蹴って、無我夢中で駆けて行く。草木のあいだを抜け、岩石を飛び越え、どこまでも遠く。全身に力がみなぎり、疲れというものを知らない。

「……好き」

耳元で、ささやくような声が聞こえる。

俺は足を止めない。

「……あなたのことが、好き」

背後から、ささやき声が追って来る。

だが、振り返ろうともせず、走り続ける。

一匹の鹿が、視界を横切った。

鹿を追う。全力で追いかける。鹿は逃げる。必死に逃げる。距離を詰める。躍りかかる。

だが、失敗。

前足は空振りして、鹿をかすりもしなかった。鹿は悠々と去って行く。

笑い声が響いた。

「あはは！　ははっ、かっこ悪い！」

振り返ると、結城あおいが立っていた。

嘲笑しながら、こちらを見ている。

羞恥のあまり身が焼けそうになり、顔が火照る。

嫌いだ。

むかつく女。

大嫌いだ。

結城あおいはこちらを指さして、けらけらと笑い続けている。

食ってやりたい。

ずたずたに引き裂いて、血をすすり、骨まで嚙み砕いてしまいたい。

そう思うのに、襲いかかることができない。足がすくむ。全身が強張る。爪も牙もうまく使えないような感覚に支配される。

人間の肉は臭いんだ。

人間の女は不味い。

だから、食べないほうがいい。

そう自分に言い聞かせ、俺はまた駆け出す。

どこでもいいから、遠くに行きたかった。

結城あおいのいないところへ。

しばらく行くと、自動販売機があった。

喉（のど）が渇いたから、飲み物を買おう。

だが、小銭の持ち合わせがなかった。

仕方がないので、フリースローの練習をすることにした。

ほどよく動いて、息があがっているときこそ、練習をするにはちょうどいい。

いつでも、どんなときでも、フリースローは絶対にミスりたくない。

ボールを手に持って、リングと対峙（たいじ）する。まるい輪っかに、ボールが吸い込まれていくシーンを思い浮かべる。

フリースローのときには、敵も味方も、その場のすべての人間の注目が自分に集まる。プレッシャーを受けても決して外さないようになるには、練習を繰り返すしかないのだ。

練習でも緊張感を得るため、自分にプレッシャーを与えてみたりする。

賭（か）けをするのだ。

自分との賭け。

もし、これが入ったら帰りにアイスを買って食べてもいいことにしよう、とか。これが入ったら俺には素晴らしい人生が待っている、とか。

実際に景品を賭けたり、願掛けだったり、一本のシュートに特別な意味を持たせることで、ただの練習だからと気を抜かないよう自分にプレッシャーをかける。

まっすぐ前を見て、なめらかな動きを意識して、シュートを打つ。

ボールは気持ちいい曲線を描いて、リングの中心を落ちていく。

「すごーい！」

声がして、振り返る。

立っていたのは、早乙女唯奈だった。

「さすが九條くん！」

早乙女唯奈がぱちぱちと手を叩く。

賞賛のまなざしを受けて、悪い気はしない。

「お疲れ様」

早乙女唯奈は優しく微笑みながら、俺のところまで歩いて、タオルで額の汗をぬぐってくれた。

それから、ペットボトルに入ったジュースを差し出す。

「はい、どうぞ」

「おう、サンキュ」

俺は礼を言うと、受け取ったジュースをごくごく飲む。

「私も、一口、飲んでいい？」

早乙女唯奈がそう言うので、飲みかけのジュースを渡す。

「これ、おいしいよね」

ペットボトルから口を離して、早乙女唯奈が言う。

くちびるが濡れて、つやつやと光っている。

そこから、目が離せなくなる。

俺は一歩、そちらへと近づくと、吸い寄せられるようにして……。

ピーッ！

笛の音が響く。

驚いて、顔をあげる。

ホイッスルを吹いたのは、八王寺だった。

いつもとおなじ髪型で眼鏡をかけた八王寺が審判の服装をして、ホイッスルを首にさげている。レフリーシャツに黒のスラックスが、まったくもって似合っていない。

八王寺は頭上で自分の手首をつかんで、こちらになにか伝えようとする。

アンスポーツマンライク・ファウルのゼスチャーだ。

おい、ちょっと、待て！

体への接触はなかった！

審判の八王寺に抗議しようとするが、厳しい顔ではねつけられる。

いや、マジだって。

本当に、触れてないから。

未遂だ。未遂。

だが、八王寺は許してくれない。

俺は短く舌打ちして、八王寺に背を向け、逃げるように走り出す。走るうちに、また虎になった。四肢で大地を蹴(け)るほうが走りやすい。

しばらく行くと、大きな木があった。

その根元に、結城あおいが横たわっている。

まぶたは閉じられており、無防備なすがただ。寝息に合わせて、胸がわずかに上下する。

しゅるしゅると一匹の蛇が這(は)い出て来て、結城あおいに近づいた。赤い舌を出し入れして、鎌首をもたげ、口から牙(きば)をのぞかせる。

俺は瞬時に跳びかかり、蛇を仕留める。息の根を止めると、蛇は縄に変わった。くにゃりと曲がった縄が地面に落ちているだけ。動かない。これでもう安心だ。

結城あおいはなにも知らずに、すやすやと気持ちよさそうに眠っている。

ひとの夢のなかで、いい気なものだ。

黙っていれば、こんなにも可愛いのに……。

気がつくと、俺は人間に戻り、結城あおいにキスしていた。

今度も八王寺が現れると思った。だが、ホイッスルは吹かれない。なんで、八王寺は止めに来ないんだ。これこそ、反則だろ。

やわらかなくちびるの感触。

有り得ないほどの幸福感に包まれて、俺は目を覚ます。

18

ずっと、夢見ていることがある。

図書館の住人になりたい。

一生かかっても読み切れないほどの膨大な蔵書を抱えた図書館で暮らして、本だけ読んで生きていくことができれば、どれほど幸せだろうか。

私が必要とするものは、シンプルだ。

本と居場所。

そのふたつさえあれば、ほかになにも望まない。

夜の公園。今日もまた、私はひとり、ベンチに座って、文庫本を読んでいる。もう

なのは『桜桃』だ。何度も読み返した作品。愛する太宰治。すべての作品のうちでも、私がもっとも好き

子供より親が大事、と思いたい。

そんな一文からはじまる。太宰本人と思われる主人公の「私」は、苦しい生活をしている妻子を捨て置いて飲みに出かけてしまう、ろくでなしだ。けれども、飲みに行った場所で出された桜桃を見て、子供のことを思い浮かべる。持って帰ったらよろこぶだろうと思いながら、まずそうに食べては種を吐き出す。そしてまた、虚勢みたいにつぶやく。子供よりも親が大事。

そう主張すればするほど、逆説的に、太宰が家庭を、子供を、どうしようもないほど気にかけているのだということが、切々と伝わってくる。

これがツンデレというものなのだろうか。「べ、べつにあんたのことなんかなんとも思ってないんだから！　勘ちがいしないでよね！」と口では言いながらも、愛情はだだ漏れであり、ストレートに描くよりもよほど心に響く。

家庭のエゴイズムを嫌悪して、炉辺の幸福を怖れた太宰治。共感できるわけじゃない。感情移入して読むような物語でもない。ただ、ひたすら愛(いと)おしい。

出会えて、よかった。

文庫本を抱きしめて、心のなかでつぶやく。

太宰の生きた時代には、家庭の呪縛というものが強く存在していたのだろう。

いまとはちがう。

家庭を崩壊させて罪悪感に苛まれるなんて、ピュアなひとだ。そんなこと、気にしなきゃいいのに。一時の快楽のことしか、考えられないひとだっている。動物のように肉体的な快楽だけを求めて、想像力を持たない。罪を罪だと意識しないまま、生きることもできる。

文庫本を一冊読み終えても、まだ私は家に帰れない。

あいにく、本はこれだけしか持って出なかった。もう一度、最初から読み返そうとしたところ、着信音が鳴った。アリサちゃんからメッセージが届いている。

「これ、見た？」

添付されていたのは、一枚の写真だった。

暗がりで、自動販売機の明かりに照らされた、ふたりの男女が写っている。

ぼんやりとして不明瞭な写真だったけれど、その男の子のシルエットはよく知っている人物に似ていた。

交友関係の狭い私のところにまで届いたくらいなのだから、この「九條くんが他校の女子とキスしてるっぽい写真」は、もうすでにかなり拡散されているのだろう。

「誰が撮ったんだろう？」

そんなこと、もちろん、アリサちゃんも知らなかった。

「わかんない。あたしは、部活の友達から教えてもらって」

この写真が広まればミスターコンテストで不利になるんじゃないか、と心配になった。

「あやたん、九條くんと仲良いよね?」

仲良い?

九條くんと?

アリサちゃんの言葉に、私はびっくりしてしまう。

「全然、そんなことないけど」

「そう? よく話している気がして」

「昔の知り合いだから。子供のとき、おなじ保育園で」

「ええっ、そうだったの? 幼なじみ設定? なにそれ、おいしい!」

「いや、そんなんじゃないから」

「じゃあ、このキス写真、ショックだね」

「べつに、まったく」

「そうなの?」

「うん、九條くんのこと、ほんとに、なんとも思ってないし」

「まあ、あやたんの好みじゃないもんねー」

「そうそう。まったくもって好みじゃない」

九條くんに対して、恋愛感情は微塵も持ち合わせていない。

なのに、写真に対しては、まったく平常心でいられたというわけでもなかった。

ほんの少しだけ、動揺した……かもしれない。

結城さんのこと、好きだと思っていたのに。

九條くんの気持ちは、そんなに軽いものだったのだろうか。

そんなふうに思って、怒る筋合いはないことは承知だが、わずかに腹を立てている自分がいた。

写真の話題のあとも、アリサちゃんとの会話は続いた。

「もう寝る？」

「ううん。まだ」

「じゃあ、尻子玉について語りたいです」

「どうぞ」

「尻子玉とは人間の肛門のあたりに存在するとされている架空の臓器です」

「はい」

「河童は人間の尻子玉を狙っています」

「はい」

「河童に尻子玉を抜かれた人間は、腑抜けになってしまいます」

「はい」

「つまり、河童の正体は巨根の攻めで、尻子玉を抜かれた人間＝やられちゃって放心状態の受けではないでしょうか」

「はあ……」

「しかも河童の好物はキュウリ」

「キュウリ！」

「河童がキュウリをどのようにして使うのかはもう説明いりませんね」

「はい」

「ご清聴ありがとうございました」

「なんじゃそりゃ」

相変わらず、アリサちゃんは唐突でマイワールドに生きている。

「あと河童が相撲好きというのも言わずもがなだよね。裸の男がくんずほぐれつ！」

夜中のせいか、アリサちゃんのテンションがおかしい。

いや、いつもこんな感じか……。

「そういうわけで、河童総攻め本を作ろうかと思って」

「できたら読ませて」

「もちろんのすけ」

「部活のひとたちと、みんなで描くの？」

「そだね。文化祭が終わったあとも二冊は作るつもりだから」

「明日、本、買いに行くね」

「ウエルカム」

「アリサちゃんはずっと売り子？」

「午前中だけ。お昼からはおなじく非番の子たちとほかを見てまわるつもり」

少し間が空いたあと、アリサちゃんの言葉が続く。

「あやたんも来る？」

せっかくの誘いだけれども、遠慮しておく。

「いや、いいよ。ひとりでぶらぶらするから」

部活の友達と私の板挟みになったら、いかにアリサちゃんでも居心地が悪いだろう。アリサちゃんが部活の友達と盛りあがって、私ひとり取り残されるのもいたたまれない。

文化祭は二日間とも、クラス企画に私の出番はなかった。できそうなことがあればやるからと森さんに申し出たのだが、準備でたくさん手伝ってもらったからというので、割り振られなかったのだ。

図書委員のほうも当番は二年生ばかりで、一年生は自由にほかの展示を見てまわっていいことになっていた。高校生活初めての文化祭ということで、気を遣ってくれているのだろう。

ひとりでいることには慣れている。いまさら、ひとりぼっちであることを気に病んだりはしないから、アリサちゃんの誘いを断ってもまったく平気だ。ひと通り文化祭を見てまわったら、どこかで読書でもして時間を潰せばいい。

むしろ、中学時代とはちがって、高校には私に積極的に関わってきて害をなそうとするクラスメイトが存在しないのだから、気楽ですらある。

「二日目は？　あたしは中学のときの友達とまわろうと思ってるんだけど、本好きの濃いメンバーだから、きっと、あやたんとも話が合うと思うよ」

アリサちゃんが懲りずに誘ってくれたけれど、こちらも断るしかなかった。

「ごめん、先約があって」

「そうなんだ」

「うん」

結城さんのお兄さんを案内するのだということを告げたほうがいいだろうか。

でも、わざわざ知らせるようなことではないような気がするし、自慢しているように思われるのは絶対に避けたかった。

「アリサちゃんの妖怪本、楽しみ」

「あやたんが好きな妖怪はなに？」

「私、妖怪あんまりくわしくなくて」

「なんで？」

「なんとなく。縁がなかった」

「じゃあ、今度、おすすめ本持っていく」

「わーい」

「あやたんは、本を読むまえと、読んでる最中と、読んだあと、どのときが一番幸せ？」

「全部」

「じゃあ、人生つねにハッピーだね」

「そうかも」

「あたし、最近やばい」

「なにが？」

「BLに飽きてきたかも」

「えっ？」

さっきまでのやりとりを読む限り、とてもそうは思えないけれど……。

「なんか、こう、もっと、禁断の扉を開くような本が読みたい」

「禁断の扉？」

「うん。これまでに読んだことないようなすっごい本が読みたい」

「たとえば？」

「わかんない。自分では想像もできないような世界に連れて行ってくれる本」

「それはすごいね」

アリサちゃんは貪欲だ。私はそんなふうに考えたこともなかった。

「目が肥えてきて、ありきたりじゃ満足しなくなってるのかも。新ジャンルを開拓しないと、このままじゃ倦む」

「もし、見つけたら教えて」

「当然」

「私にとっては、アリサちゃんの貸してくれた本が、禁断の扉を開いたよ」

「でしょでしょ？　でも、あたしも最初はドキドキしたけど、すっかり擦れちゃって。キワモノ設定だと面白いんだけど、王道はテンプレだし」

「そのお約束がいいんじゃないの？」

「うちのお母さんとかはそうみたいだけど」

「大先輩だもんね」

「お母さん、ハーレクイン・ロマンスの愛読者でもあるんだけど、そこは趣味が合わない」

「そうなの？」

「うん。だって、どれもおんなじようなストーリーなんだもん」

「そうなんだ。読んだことない」

「だいたい、傲慢(ごうまん)で自己中な俺様金持ちヒーローが、ヒロインと関わるうちに本当の愛に目覚めるっていう話。最後は結ばれてハッピーエンドになることがわかりきっているから、わざわざ読む意味ないっていうか」

「なるほど」

「でも、お母さんにとっては、栄養補給みたいなものなんだって」

「はあ」

「べたべたの恋愛小説とか少女漫画とかBLとか読んで、胸キュンすることが夫婦円満の秘訣(ひけつ)だと」

「はあとしか言いようがない」

「物語を読むことで、ときめきを思い出して、自分の夫も大事にしようと思うらしいよ」

「すごいね。私には想像もつかない本の読み方だ」

現実に活かすための読書だなんて、不純なような気がした。だからといって、純粋な読書というのがどういうものかはわからないけれど。

そういえば、結城さんは自分の感情が恋なのかどうか確認するために、恋愛小説を読んでいた。いろんな読み方があるものだ。

「まあ、あたしもテスト勉強しなきゃいけないときには、ドーピング的な読書っていうか、まずはテンションあがるような熱い漫画を読んで、やる気を出すことはあるから、わからなくもないんだけど」

「テスト勉強をしなくてはならないときにまずは漫画を読むとか、さすがアリサちゃん」

「あたしのエネルギー源だからね」

「まったく本を読まないひとって、なにを考えてるんだろう」

もっとも身近にいる大人ふたりを思い浮かべながら、そんなことを話題に出す。

「小説を読めるのって、特別な能力なんだよ」

「え、そうなの？」

「あたしとか、あやたんとかには、呼吸をするように当たり前にできることだけど、才能ない人間には小説は読めないいんだと思う」

「いやいや、そんなことはないでしょ」

　この国の識字率は高い。義務教育を受けていれば、誰だって本は読めるはずだ。

「文字が読めるからといって、読解力があるとは限らない」

「それはそうだけど」

「あたしに生まれつき運動の才能がなくて、二重跳びや逆上がりができないように、小説の読めない人間はいる」

「マラソンとか好きなひといるけど、こっちにしてみれば、ひたすら走ってなにが楽しいのか理解できないもんね。読書もおなじってことか」

「そうそう。才能ってのは、努力を苦だと思わないこと。もって生まれた才能と、日々の研鑽によって鍛えられた読解力があるからこそ、あたしたちは物語の愉悦を享受できるというわけだよ」

　本を読むことは楽しい。本さえ読むことができれば満足だった。

　けれど、いま、こうしてアリサちゃんとやりとりをしていると、友達との会話も面白いものなのだと実感した。

「本を読まないということは、そのひとが孤独でないという証拠である。って、太宰が書いてた」

「そう？　あたしの場合は、つきあいが多くなるほど、読む本も増えるけど。友達のおかげで、どんどんジャンルの幅が広がる」

「そうだね」

アリサちゃんと言葉を交わしていて、思い浮かんだのは、九條くんのことだった。

本を読まなくても生きていけるひと。

物語なんて必要としないであろうひと。

九條くんが、どこかの女の子とキスしていたところで、本人の自由だ。

世の男性なんて、そんなもの。たとえ、好きな女の子がいたとしても、べつの相手と平気でキスしてしまえるのだろう。

現実の、汚い、大人の男性。

純粋な愛情なんて、物語の世界にしか存在しない。

でも、私は心のどこかで、九條くんはそんなふうになって欲しくないと思っていた。

「そろそろ、寝なきゃ」

アリサちゃんからメッセージが来て、楽しい会話の時間は終わってしまう。

「おやすみ。また明日(あした)」

「あやたんも、いい夢、見てね」

おやすみと書きつつも、こんなところで眠ることなどできるわけがなかった。まだ帰れない。原付バイクは駐車場に停まったままだ。生臭い部屋。帰りたいとも思わない。

　アリサちゃんと性的な話題で盛りあがっておきながら、半面、自分には子供じみた潔癖さがあった。

　もう一度、さっきの写真をよく見てみる。

　女の子の後頭部と、首を傾げている九條くんらしき男の子のすがた。

　九條くんも、私も、キスを経験してもおかしくはない年齢だ。それ以上のことだって……。でも、私にはどうしても嫌悪感があり、ファンタジーとしては楽しめても、リアルだと引いてしまうのだった。

　性愛の果てに、ひとが生み出されるということの責任の重さ。リビドーに対する原罪意識。両親みたいになりたくない。

　育ってきた環境により、男性不信に陥りやすいことは自覚していた。欲望のままに行動して、家庭を崩壊させた父親。理性を失わせる性衝動というものが、気持ち悪くて、おそろしい。

　けれども、性別がちがうという理由で、世界の半分の人間を切って捨てるのは、馬鹿げた話だ。父親を嫌悪してはいても、すべての男性を憎むのはお門違いだとわかっている。

　私がぎりぎりのところで、踏み止（とど）まることができた理由。

もしかしたら、九條くんの存在というものは、思っていた以上に大きかったのかもしれない。

幼いころの出会い。私は女の子で、彼は男の子だったけれど、まだ性差というものを意識することはなく、ふたりは等しく、おなじように、大人の身勝手さに翻弄(ほんろう)されていた。

通じあうものがあった。

わかりあうことができた。

こちらの一方的な思いこみかもしれないけれど……。

傷つけられた子供。

魂のおなじ場所に傷を持つふたり。

でも、私たちは大人になりつつある。

本当にキスをしていたのかどうかなんて、私が気にすることじゃない。

写真を消去して、それ以上は考えないようにした。

あくびをひとつしたあと、また文庫本を最初から読みはじめる。

19

文化祭一日目。

天気予報では、今日も明日も、晴れマークになっていた。

空は青く広がり、こんなにも気持ちいい朝だというのに、思わず、ため息がこぼれた。

あの写真のせいだ。

早乙女唯奈とキスしているように見える写真。

あの写真を撮ったのは、ヨシカズだった。

たまたま通りかかって、俺と早乙女唯奈がいるのに気づいたヨシカズは、悪戯心からこっそり写真を撮り、ネットにアップしたのだ。

悪びれない口調でそう話したヨシカズに対して、俺はめちゃくちゃ腹が立ったが、キレはしなかった。ヨシカズは、ただ、馬鹿なだけだ。本気で怒る価値もない。

中学時代のメンバーたちには、それがネタだってことはわかっただろうが、問題は俺と早乙女唯奈がただの友達だということを知らない神丘高校の生徒にまで、写真が拡散してしまったことだった。

いちおう、メッセージが届く範囲には「アングルのせいでキスしているように見えるけど、実際には話をしていただけで、つきあっているわけでもなんでもない」と釈明してはみたものの、真実よりも話題性のほうが強く、火消しは難航していた。

よりによって、文化祭直前のこのタイミングで……。

彼女がいた、あるいは、彼女でもない相手とキスするような男だった。

どちらにしろ、女子からの人気に悪影響を与える材料になるだろう。

このままでは、ミスターコンテストで苦戦するかもしれない。強敵になりそうな相手はいないと思っていたから、ミスターコンテストのほうはほとんど心配していなかったのに、まさか、こんな羽目になるとは……。

校門に近づくと、氷の城をテーマにした巨大アーチが見えてきた。校舎の横断幕には今年のスローガンである「自分を解き放て！　ありのままで神高祭」という文字が躍り、各教室の窓にもクラス企画の宣伝ポスターが貼られ、華やかな雰囲気だ。

スローガンは実行委員の先輩方が案を出して、多数決で決定した。協調とか絆とかいった言葉が票を集めなかったあたりが、個を重んじる神丘高校らしいといえばらしい。

自分を解き放て、か……。

結局、俺は自制した。欲望のままに行動したりは、しなかったのだ。

なのに、こんな展開は納得がいかない。

靴箱のところで、結城あおいを見つけた。

目が合ったので、知らない顔をするわけにもいかない。

「おはよ、結城さん」

軽い口調で声をかけると、結城あおいも「おはよう」と挨拶を返してきた。

どことなくつまらなそうな顔のまま、にこりともせずに。

せめて、少しでも笑ってくれたのなら、こっちも「今日はよろしく」とか「文化祭、盛りあげていこうな」とか言葉を続けられたかもしれないのに、結城あおいは取り付く島もなかった。

それ以上の会話はせず、俺は足早に教室へと向かう。

こんなのは自分らしくない。

なに、意識してんだ。

まるで逃げるみたいな自分に、屈辱的な気持ちになる。

理由は、わかっている。

昨夜の夢……。

おかしな夢を見たせいで、思わず避けるような態度を取ってしまった。

夢のなかで、あんな……。

俺は首を軽く動かして、頭に浮かんだものを振り払おうとする。

夢のことなんか考えても仕方ない。それよりも、これから文化祭がはじまるのだから、そっちに集中しよう。

前日までの準備は完璧(かんぺき)で、クラス企画の前評判も上々だ。やはり、美人と名高い結城あおいが朗読をするということで、それなりに注目度も高く、かなりの集客が期待できそうだ。

廊下を歩いていると、教室の前に人だかりができているのに気づいた。

どうしたんだ？

森せつなが俺を見て、駆け寄って来る。

「九條くん！」

その張りつめた表情から、好ましくない事態だと察する。

「朝、来てみたら、こんなことに……」

そう言った森せつなの視線の先。

廊下の壁一面を使って描かれた装飾に、黒いペンキがぶちまけられていた。

「なんだよ、これ……」

一瞬、愕然(がくぜん)としたあと、怒りが湧きあがる。

誰だ！　こんなことしやがったのは！

真っ黒なペンキに、剝(む)き出しの悪意を感じて、頭に血がのぼった。

「あ、花音ちゃん」

集まっていた女子のうちのひとりがつぶやき、俺も振り返る。

美術部の弘田花音がやって来て、信じられないというように目を見開く。

「ひ……」

震える声でつぶやいて、弘田花音は両手で顔を覆った。

「ひどい……」

ここで泣くか。ったく、面倒くせえな。これだから女子は……。

一瞬、そんなふうに思ってしまったが、気持ちはわからないでもない。自分が中心となって作りあげた絵が、こんな無残な有様になっては、平気ではいられないだろう。

それにしても、写真の件に続いて、こうもトラブルが起きるとは……。

弘田花音を取り囲むようにして、まわりの女子たちも口々に言う。

「ほんと、ひどいよね！」

「こんなことするなんて！」

一際、怒りを見せていたのは、堀田夏歩だった。

「ほんと、許せない！　いったい、誰がこんなことしたんだろ！」

その一言で、場の空気が変わった。

驚きと戸惑いと動揺だったところに、緊張感が走る。探り合うような空気。

いったい、誰が……。

そう、これは、何者かが悪意を持って、行ったことなのだ。

誰が？　わざわざ、うちのクラスを狙うなんて……。

「落ちついて、夏歩」

結城あおいが口を開くと、みんなの視線がそちらに集まった。

「犯人捜しよりも、これからどうしたらいいか、考えるほうが先でしょ」

結城あおいの声が、場を支配する。

俺が言うべき台詞だったのに。

結城あおいはちらりと俺のほうを見たあと、弘田花音に近づいた。

「弘田さん、だいじょうぶ？」

優しい声で言って、なぐさめるように背中を撫でる。弘田花音はぐすっと鼻を鳴らして、結城あおいの肩に顔をうずめた。

あっちは任せておけばいいか。

「教室のなかは？」

森せつなに言いながら、教室へと入っていく。

「小道具がいくつか壊れて……」

正確に言うならば、壊されていた、だろう。

誰かが、あきらかに嫌がらせのために、こんなことをしでかしたのだ。

教室内の装飾には目立った損傷はなかった。

笹川がひとり、床に座って、手のオブジェを修繕していた。

「直りそうか？」

「ああ、なんとかなる……と思う」

「ほかのは？」

「いちおう、間に合うようにとは思っているんだが、もうすぐ、開会式だよな」

笹川の言葉に、時計を見る。

体育館に集合して、校長の長い訓辞やら文化祭実行委員会委員長の挨拶やらを聞かなければならないが、そんなことをしている暇はない。

「担任への報告は？」

森せつなは首を横に振った。

「行こうと思っていたところに、ちょうど九條くんが来て……」

「わかった。俺が行ってくる。そんで、開会式は欠席させてもらって、そのあいだ、修復作業ができるよう、掛け合ってみる」

「うん。壁の装飾のほうもできるだけ、なんとかしてみるね」

廊下に出たあと、森せつなは弘田花音のところへ行った。弘田花音はまだ泣いているようだった。

その様子を横目で見て、俺は職員室へと急ぐ。

階段を降りようとしたところ、後ろから声をかけられた。

「待てよ、九條」

追いかけてきたのは、田淵だった。

「なんだ？」

「話したいことがあるんだ」

こっちは急いでいるっていうのに、こんなときに……。

だが、にやついている田淵を見て、引っかかるものがあった。

真っ黒なペンキ。

まさか、こいつが……。

ふと浮かんだ疑惑を、内心で打ち消す。

いやいや、いくらなんでも、そこまで浅はかではないだろう。

「話ってなんだよ。手短にしてくれるか？」

足を止めずに、階段を降りながら、俺は言う。

「待てって言ってるだろ。ひとが話すときくらい、相手のほうを見ろよ」

田淵がそう言うので、踊り場で立ち止まってやった。

「だから、なにが言いたいんだ？　用件を早く話せ」

軽くにらみつけたのに、田淵はへらへらと笑っている。

「あれ、やったの俺だから」

田淵の口から放たれた言葉に、数秒だけ、思考が停止する。

「は？」

「装飾をめちゃくちゃにしたのは、俺だって、言ってんの」

その可能性を考えなかったわけではないが、俺は打ち消したのだ。それなのに、本人がこんなことを言い出すなんて、理解しがたい。

「なんかさ、みんなで協力して作ったものをぶっ潰すって、爽快感あったわ」

なにを言っているんだ、こいつは……。

「おまえ……」

怒りではなく、不気味さを感じる。

狙いが、読めない。

目的が不明だから、腹立ちよりも、薄気味悪さが先に立つ。

田淵が嫌がらせを行ったということに違和感はない。

だが、問題は、いま、この状態だ。

なぜ、わざわざ、それを俺に言う必要がある？

「教室に戻って、みんなに言えば？　犯人は田淵だって」

まったく悪びれない口調で言って、田淵は肩をすくめてみせる。

「まあ、証拠はないけどな。俺がやったっていう証拠なんかあるわけない」

歪(ゆが)んだ笑みを浮かべる田淵に、少しだけ、ほっとした。

ああ、なんとなく、わかってきた。

俺が田淵を犯人扱いしても、本人は否定するつもりなのだろう。そして、濡(ぬ)れ衣(ぎぬ)だ、と主張する。証拠もなく決めつける俺を悪者にする作戦か。

つくづく、底の浅いやつだ。

「証拠がなくても、犯人は田淵だって、俺が言えば、みんなは納得するんじゃないか」

軽く煽(あお)ってみると、田淵の顔から笑みが消えた。

「ふざけんな！　なんで、俺が犯人なんだよ！　なんも、やってねえよ。証拠はないだろ、証拠は！」

つい先ほど、装飾をめちゃくちゃにしたのは自分だと告白したはずなのに、田淵は白を切ろうとする。

支離滅裂だな。

「いや、でも、いま、おまえ、自分で言っただろ」

「なにが？　俺はなんも言ってねえけど？　空耳じゃないのか？」

あいにく、こっちもさっきの証言を録音するなんて余裕はなかった。

「なあ、九條、おまえさ、自分以外を全部、見下してるんだろ。ほかのやつらなんか、簡単に言いくるめられるってな。でもな、そういうの、見抜かれないとでも思ってんのか？」

不快感が背中を這いあがる。

俺のことをよく知りもしないくせに、決めつけてくるな。

「そんなんだから、友達がひとりもいねえんだよ」

勝ち誇ったような顔で言う田淵に、俺は「はあ？」と言い返す。

「いやいや、おまえがなにを勘ちがいしてんのか知んねえけど、俺、友達いないとか言われたの初めてだから。斬新な発想だな」

クラスの男子たちとも良好な関係を築いているし、バスケ部の仲間との信頼関係も厚く、中学時代のメンバーとも頻繁にやりとりをしている。この俺のどこに、友達がいないと言われる要素があるのかわからず、本気で驚いてしまった。

「あんな写真、晒されておきながら、よく言うぜ」

意地の悪い笑みを浮かべて、田淵はうれしげな声を出す。

「あれ、隠し撮りしたの、おまえが友達だと思っているやつなんだろ？　仲良くしているつもりでも、そいつだって、腹のなかじゃ、おまえのこと、嫌ってんだよ」

ヨシカズの行為は、悪ふざけだ。

田淵の言うことなんて、まったく当たっていない。

「っつうか、友達がいないのは、おまえじゃないのか」

向こうが敵対心を丸出しにしてくるなら、こっちも受けて立とう。

こいつは、徹底的に叩き潰してやらないと、わからないみたいだ。

「もうちょっと友達が多ければ、文化祭だって、みんな手伝ってくれて、実行委員を途中降板だなんてみっともないことをする羽目にならなくてすんだだろうに」

田淵は苦々しげな表情を浮かべ、うつむいた。

「全部、おまえのせいだ」

この期に及んで、こんなことを言い出すとは、どこまでも見苦しい男である。

「おまえが、悪い。おまえが俺を排除しなければ、こういう結果にはならなかったんだ」

「はい？　なに勝手なことを」

怒りを通り越して、呆れてしまいそうだ。

「おまえさ、賢いつもりかもしれないけど、本当はかなり頭が悪いよな。こういう事態になる可能性も考えられないなんて」

言いがかりも甚だしいが、田淵は恥ずかしげもなく主張する。

「目立ちたがり屋で、自分が上だってことをアピールしないと我慢できなくて、俺のことを追いつめただろ？　だから、こういうことになったんだ。もっと、配慮すべきだったな。実行委員であるおまえのミスだ」

どんな理屈だ、それは。

「話しても時間の無駄だな」

言い捨てて、歩いて行こうとする。

「待てってば！」

階段を降りようとしたところ、後ろから田淵に腕をつかまれる。

「放せよ」

あくまで、俺は振り払おうとしただけだった。

俺が手を動かすと、田淵は体勢を崩した。

そして、足を踏み外す。

無様に階段を落ちて、後頭部から血を流している相手を見て、俺は言葉をなくした。

20

私が教室の前に着いたのは、ちょうど九條くんが去って行こうとしているときだった。

廊下に集まっている子たちの雰囲気から、なにかトラブルがあったようだということは伝わってきた。

嫌な予感がしたから、それなりに心構えをしていたにもかかわらず、私はひどくショックを受けた。

装飾の巨大な絵にぶちまけられた、黒いペンキ。

それを見たとき、大袈裟かもしれないけれど、自分の体の一部を傷つけられたかのような感覚に陥ったのだ。

そして、そんな自分にびっくりした。

廊下の装飾については、私はほとんど手伝っていない。絵心のない私が役に立てるような部分は少なく、準備期間中は主に教室内で雑用を行っていた。

だから、私がこんなにもショックを受けるなんて、お門違いもいいところだ。

私が描いたわけじゃないのに。

私の作品というわけじゃない。

それでも、毎日、絵ができあがっていくのを見ていた。実行委員の森さんや美術部員の弘田さんたちが、どんな思いで、準備をしていたかも知っている。

文化祭をみんなで作りあげようとしていたのだ。

……みんなで？

改めて、自分の感覚に戸惑う。

自分が「みんな」のなかに入っているのだということ。

弘田さんは泣いていた。

その悲しみが、痛いほどわかる。

私には泣く権利はないと思うのに、おなじくらい泣きたい気持ちになる。

ちょんちょんと背中を突かれ、振り返るとアリサちゃんがいた。

「どしたの、これ」

私はふるふると顔を横に振る。

「わかんない」

なにが起こったのかも、どうすればいいのかも、わからなかった。

クラスメイトたちは、困惑したように遠巻きにしていたり、心配そうに弘田さんを見つめていたりする。

結城さんは無言のまま、弘田さんの背中を優しくさすっていた。やがて、弘田さんは泣きやんだ。目のまわりを赤く腫らした弘田さんに、結城さんは問いかけた。

「どうやって直せばいいと思う？」

弘田さんは絵に手を伸ばした。そっと触れて、指先を確認する。黒い色が、指先にべっとりとついていた。

「こんなふうになってるんじゃ、上から描くこともできない……」

絶望的な声で、弘田さんはつぶやく。

そのとき、教室から笹川くんが顔を出した。

「これ、使えないか？」

笹川くんが手に持っていたのは、室内の装飾に使っていた経文のコピーだった。

「結構、分厚い和紙に貼りつけてあるから、透けないと思うんだが」

「どう思う？」

結城さんが返事をうながすと、弘田さんはほかの美術部の子たちと顔を見合わせた。

「どうしよう……」

「これから描き直すのは無理でしょ」

「そうだよね」

「紙をいろいろ貼って、コラージュみたいにするのは？」

弘田さんが言うと、結城さんは手を打ち鳴らして、明るい声を出した。

「いいアイディアだね」

意見がまとまったようで、さっそく作業に取りかかることになった。

「あっちの写真とか使おうよ」

「こっちのパンフもコピーしたら使えるんじゃない？」

「うんうん、雰囲気ある」

「髑髏柄のテープ、貸して」

「この包帯の余りとかどうよ？」

美術部の子たちが中心となり、すぐさま応急処置が施されていく。

私もいちおう、材料を運んだり、ゴミを捨てたりといった手伝いをする。

せっかくの耽美な人魚の一部が隠されてしまったのは残念だけれど、なんとか誤魔化すことはできた。いや、むしろ、質感の異なる和紙や写真などで隠されることによって、幻惑や不条理といった魅力が加わり、完成度の高い絵だったときよりも存在感が増したかもしれない。

「九條くん、戻って来ないね」

なんとか修繕が終わって、ほっと一息というタイミングで、誰かがつぶやいた。

美術部の子たちが、わずかに表情を曇らせる。

「さっきの九條くんの態度さあ、ちょっと冷たくなかった？」

そう言われても、弘田さんはまごまごするばかりだ。

本人の代わりに、べつの子が口を開いた。

「そうだよね。花音ちゃんが泣いてるのに、無視して行っちゃうし」

「うん、九條くんって、もっと優しいと思ってたから、ちょっとがっかり」

私はその場にいなかったから、なんとも判断がつかないが、どうやら九条くんは望ましくない対応をして、女子グループの不興を買ったようである。

「あの写真のこともあるし」

「評価だだ下がりだよね」

人気者の座なんて、危ういものだ。なにがきっかけで凋落するか、わからない。

そう、だから、私は彼の立っている場所を羨ましいなんて、一度だって思ったことはなかった。

そんな会話をしていたところに、担任の先生がやって来て、田淵くんが怪我をしたこと、九條くんが早退をしたことを伝えた。いくつか質問の声が飛んだけれど、くわしい説明はなされない。

担任の先生は渋い顔をしていた。森さんから装飾のことを聞くと、先生の眉間のしわはますます深くなった。明るくなりかけていた場の雰囲気に、また不穏なものが混じる。

もうすでに体育館では開会式が始まっていた。クラスメイトがふたり欠けた状態で、私たちは少し遅れて、それに参加した。

ステージの上で、吹奏楽部が祭りの幕開けにふさわしい演奏を繰り広げる。アップテンポでどんどん盛りあがっていく音楽を聴いているうちに、こちらも気持ちが盛りあがっていく。

諸注意のあと、生徒会長による開会宣言が行われ、解散となった。

クラス企画の手伝いをする子たちは教室に戻るけれども、私は自由行動だ。

体育館を出ようとしたところ、おなじ図書委員の原先輩に声をかけられた。

「ねえねえ、八王寺さん」

「なんでしょうか」

委員の仕事を手伝うよう命じられるのだろうかと思ったのだが、原先輩が口にしたのは思いがけない言葉だった。

「九條くんが暴力事件を起こしたっていう話、ほんと？」

絶句する。

どこで、そんな話が……。

「あれ？　知らない？　かなり噂になってるんだけど。九條くんが、おなじクラスの男子を殴って、怪我させた、って」

「なんで……？」

「詳細については、まだよくわからないんだよね。だから、八王寺さんにくわしい話を聞いてみようと思って。それって、やっぱり、例のキス写真と関係あるの？　三角関係のもつれとか？」

野次馬根性丸出しで、原先輩は訊ねてくる。

あの写真については、九條くん本人はキスをしていることを否定していたが、ひとびとは面白いほうを信じたがるものだ。

「まさか、文化祭の当日になって、こんなスキャンダルを引き起こすなんて、只者じゃないよね。殴ったんじゃなくて、階段から突き落とした、っていう説もあるみたいだけど、本当のところはどうなの？」

「どうもこうも、そんな話、全然聞いてないです」

「そうなの？　でも、九條くん、今日は欠席なんだよね？」

「早退したみたいですけど……。でも、朝はちゃんと来てました」

「爽やかそうに見えて、結構、キレたら怖いタイプなんだね」

すっかり決めつけて話す原先輩に、私は反論したくなるが、いい文句を思いつかなかった。

田淵くんが怪我をして、病院に運ばれたことは事実だ。でも、九條くんが殴ったとは……。

信じがたい。

しかし、九條くんをかばうだけの材料は持ち合わせていなかった。

彼はそんなことをするようなひとではない、と言い切れるほど、私は九條くんを知りはしない。

「八王寺さん、ひとりなの？」

「ええ、まあ」

「じゃあ、私と文化祭、見ようよ」

気軽な口調の原先輩に、私は瞬きを繰り返す。

私と原先輩は委員会の活動で何度か行動を共にしたことはあるが、さほど親しい関係ではない。よく知らない後輩と連れだって文化祭をまわろうだなんて酔狂なひとだ。

「なんでですか？」

「いや、仲のいい子たちが当番ばっかりで、相手がいなくてさ。八王寺さんもひとりなら、ちょうどいいかと思って」

「はあ……」

「このあとさ、ビブリオバトルやるんだよ、ここで。ほら、やっぱ、図書委員としては気になるじゃん」

パンフレットを広げて、原先輩がプログラムを指し示す。

「ビブリオバトル、私は賛成したのになあ。図書委員でやりたかったのに、先輩たち、保守的だよね」

一年二組のクラス企画であるビブリオバトルは、もともと、図書委員の企画として提案されたものだった。却下されたあと、クラス企画として採用されたらしい。

「あ、でも、八王寺さんも反対に挙手してたっけ」

企画会議での行動は、原先輩にしっかりと見られていたようだ。

「ええ、あまり積極的にやりたいと思わなかったので」

「どうして？　面白そうじゃない。八王寺さんって、本の紹介文、書くの得意なほうだよね？　自分の好きな本をいろんなひとに薦めたいとか思わないの？」

原先輩がどこまでも食い下がってくるので、つい正直に答えてしまう。

「バトルっていうのが、引っかかって……。本の面白さは個人的なものだから、勝ち負けを決めるのは、邪道な気がします」

「なるほどねえ。私はそういうの、燃えるけどなあ。明日は一般参加もできるみたいだから、出場してみようかな」

「あの、原先輩」

「なに？」

「申し訳ないのですが、私、行きたいところがあるので……」

「そうなの？　それは残念。ビブリオバトルは見ない？」

「はい」

「じゃあ、今度、どんなだったか、教えてあげるね」

ひらひらと手を振る原先輩に、軽く頭を下げて、私は体育館から出て行く。

原先輩の誘いを断ったのは、相手がどうこうというより、ビブリオバトルを見たくないという理由が大きかった。

本を愛するがゆえ、ほかのひとたちが遊びみたいな感じで扱うのは耐えられない。

原先輩と別れたあとも、さっきの言葉が頭から離れなかった。

暴力事件だなんて……。

九條くんに、なにかメッセージを送ろうか、と考える。

文化祭の準備のために、連絡先は交換していた。その気になれば、個人的なやりとりをすることもできる。

だが、なにを言えばいいかわからない。

それに、彼にはほかに気遣ってくれるひとがいくらでもいるだろう。

だから、私はなんの行動も取らないことにした。

さて、文化祭だ。

まずはアリサちゃんのいる漫画部に行って、新刊をゲットしよう。

漫画部が根城としている地学教室へと向かう途中、気になる展示がいくつもあった。

教室の前を通りすぎるだけでも、趣向を凝らした装飾が目にも楽しく、呼びこみの声に心惹(こころひ)かれる。おそろいのTシャツを着た生徒たちがあわただしく駆けて行くかと思えば、百鬼夜行のようなコスプレの生徒たちがぞろぞろと通りすぎる。生徒たちは髪におそろいの飾りをつけていたり、腕にバルーンを巻いていたりと、いつもより華やかだ。はしゃいだ声に、笑顔も弾ける。

きらきらと輝かんばかりの雰囲気に、以前ならこちらの気分はどんどん沈んでいただろう。

だが、今日はちがう。

廊下を歩きながら、私はこれまでに自分が得たことのない心の状態でいるのに気づいた。

ひとりでいるのに、まったく平気なのだ。

祭りのさなか、足どりも軽く、私は愉快な気持ちになる。

こんな気持ち、初めてだ。

いつだって、ひとりでいることには、みじめさがつきまとっていた。

自分を仲間はずれにする子たちを軽蔑して、傷ついていないふりをしていても、自分に嘘をつくことはできなかった。集団のなかで、ひとりでいることの苦痛。楽しそうにしているほかの子たちに、ひとりでいるのを見られるのが、嫌で嫌でたまらなかった。

望んで孤独になったわけじゃない。ひとりでいることに慣れて、ひとりでいることをなんとも思わないようになっていたけれども、本当はいっしょにいてくれる相手を欲していた。ひとりぼっちがつらいと自覚してしまえば、心が壊れてしまいそうだった。だから、ひとりでいたくないことを認めるわけにはいかなかった。

それなのに、いまは心の底から、まったく気にならない。

アリサちゃんはそばにおらず、私はひとりで歩いているのに、こんなに朗らかな気持ちでいられる。

仲の良さそうな友達グループとすれちがっても、劣等感を刺激されたりしない。

だって、私も一部だから。

この文化祭の、一部。

軽やかな音楽がどこからか響いてくる。

歌いだしたいような気持ちのなか、九條くんのことだけが、ちくりと引っかかっていた。

21

田淵のやつは、いったい、なにがしたかったんだ。

どう考えても、自分にとって不利にしかならない行動だろう。クラス企画で作ったものを壊して、あいつになんのメリットがあるというのか。腹いせにしても、非生産的すぎる。ただでさえ、実行委員を投げ出したことで田淵の評判は下がりまくっているというのに、さらにクラスの足を引っ張るようなことをするなんて、自分で自分の首を絞めているようなものだ。

しかも、ひとりで足を滑らせて、階段から落ちるとは、間抜けとしか言いようがない。

頭を切って血を流している田淵のことを放っておけず、俺は保健室まで連れて行ってやった。傷はわりと深かったらしく、田淵は保健の先生に付き添われ、病院へと向かった。そして、俺は親が呼ばれることになった。

納得がいかなかった。べつに俺はなにもしていない。田淵が勝手に落ちただけだ。だが、あいつはそう言わなかったのだ。

——九條ともめていて、怪我をした。

そんなあやふやな言い方をしやがったおかげで、親を呼ばれる羽目になった。

せっかくの文化祭初日だっていうのに、俺は開会式に参加することもできず、しばらく職員室で待たされ、仕事を抜け出してきた母親を迎えた。

親の呼び出し。

人生において、二度目だ。

小学生のときにも、おなじようなことがあった。そのころ、俺のことを目の敵にしていた男子がいて、そいつがどうしても許せない発言をした。どんなにやめろと言っても、そいつは黙らなかった。だから、つい、手を出してしまったのだ。誰かを殴って、怪我させてしまったのは、その一度きりだ。今回はなにもしていない。

だが、一度でも過ちを犯したことのある人間というのは信じてもらえないものなのだなと、職員室のドアを開けた母親を見て、実感した。

ああ、この子、またやったのね。

母親の顔には、そう書いてあった。

「申し訳ありません。息子がご迷惑をおかけいたしまして」

担任に頭を下げている母親に、俺はつい食ってかかるような言い方をしてしまう。

「俺は押したりしてないから」

保健の先生にも担任にも何度もそう説明したのだが、繰り返すうちに自分でも見苦しい言い訳をしているような気分になってきて、もうなにも言いたくなくなった。

担任だって俺が嘘をついていると思っているわけではないのだろうが、だからといってこちらの言い分を鵜呑みにはせず、疑いのまなざしを隠しもしないので、気分が悪い。

「俺は悪くない」

きっぱりとそう宣言する。

だが、母親の顔に、困った子ねえ……とでも言いたげな表情が浮かんだのを見て、やるせない気持ちになった。

「相手の方にもこちらから謝罪に伺いますので、怪我をされたお子さんの連絡先をお教えいただけますでしょうか」

「謝罪とかいらないいだろ。本当に俺が悪いわけじゃないんだって。あいつが、勝手に、ひとりで、落ちたんだ」

語気を強めた俺に、担任は「まあまあ」と言って、なだめるような声を出した。

「向こうの親御さんも大袈裟(おおげさ)にはしたくないということで、謝罪なども結構とおっしゃっていますので」

この無気力な担任は、とにかく、ことを穏便に済ませたいのだろう。

「しかし、せめて治療費はこちらで……」

「そちらにつきましても、おそらく、学校の保険のほうでなんとかなりますので、お気になさらず。まあ、今回の件は事故のようなものといいますか、九條くんも悪気があってのことではないと思いますので、今日のところは自宅でゆっくりしていただくということで……。くわしいことなどは、また校長などとも相談いたしまして、ご連絡いたします。ワタクシとしましては、明日も文化祭ですし、しっかりと反省して、元気な顔を見せてくれれば……と思っておるわけです、はい」

マジかよ。今日は帰れっていうのか？　文化祭初日なのに？　俺なしで、クラス企画をまわせと？　こいつ、担任のくせになんにもわかってねえな。

しかし、これ以上いくら反論しても無駄だということはわかっていた。俺が素直に反省しているような態度でも見せれば、もしかしたら、今日も文化祭に出ることを許してもらえたのかもしれないが、やってもいない罪を認めるようなこと、できるはずもない。

担任に追い払われるようにして、俺と母親は職員室から出た。

体育館のほうから、景気のいい音楽が聞こえてくる。

いまさらながら、むかむかと腹が立ってきた。

だが、イラついたところで、状況は改善しない。それよりも、できるだけの手を打つべきだろう。

森せつなに早退することになった旨のメッセージを入れておく。なにかあれば、随時、知らせてほしい、とも。

森せつなひとりに実行委員の役目を負わせてだいじょうぶだろうかと心配していたら、すぐさま返信があった。

「だいじょうぶですか？　このところ、文化祭の準備で忙しかったから、無理しすぎてしまったのかもしれませんね。今日はしっかりと休んでください。装飾のところは、みんなが手伝ってくれたので、すぐに修復できました！」

森せつなは、俺が体調不良で早退したと思いこんでいるようだ。そう受け取るであろう書き方をしたのだから、無理はない。

装飾は無事に修復できたようで、ひとまずはほっとする。

祭りの興奮やざわめきに背を向けて、校門を抜けていく。

母親はなにも言ってこない。

「……ごめん」

田淵の怪我に関しては俺に責任はないが、母親に迷惑をかけてしまったことは事実だ。

だから、謝った。

「私はいつだって、潤の味方だから」

まるで呪文(じゅもん)でも唱えるような口調で、母親は言う。

「潤がどんなことをしたって、全力で守るわ」

「なんだよ、それ」

「それで？　なにがあったの？」

「さっきも言ったけど、田淵ってやつが階段から落ちて、俺はたまたま、その場に居合わせただけ」

「そう。なにもしてないのね」

「ああ、向こうが勝手に足を滑らせたんだ」

「相手の親御さんも、その説明で納得してくださるといいのだけれど……」

事故の直前のやりとりを話すことは、気が進まなかった。証拠はないので、あいつがしらばっくれたら、こっちが言いがかりをつけていると思われかねない。

田淵の言動は予測のつかないところがあり、爬虫類とか昆虫とかを気味悪いと思う感覚に似ている。

もうこれ以上、あいつと関わり合いになりたくないというのが、正直な気持ちだ。

「まあ、相手の出方を待つしかないわね」

母親は仕事に戻り、俺はひとりで自宅に帰った。

小学生のころ、一度だけ、俺が暴力をふるってしまったのは、母親を中傷されたからだった。でも、理由は話さなかった。そのときとおなじように、学校でのことに干渉されたくないという思いがいまもある。だれよりも母親には立ち入られたくない。

家に着いてからも、文化祭の進行が気にかかり、着信がないか何度も確認した。

夕方になってようやく、森せつなからメッセージが届いた。

「九條くん、体調はどんな感じですか？　こちらは問題なく、無事に一日目を終えることができました！　お客さんも多くて、廊下に列ができるほどでした。明日は来られそうですか？　クラスのみんなも心配していました。早く元気になりますように」

……そっか、問題がなかったのなら、なによりだ。

クラスでもっとも仲が良いと思っていたやつからも、メッセージが届く。

「田淵を殴って怪我させたせいで、自宅謹慎になったって、マジか？　そんな噂が広がってるから、気をつけたほうがいいぞ」

その文章を読んで、田淵の言葉を思い出した。

——そんなんだから、友達がひとりもいねえんだよ。


翌日、文化祭二日目。

どうなることかと思ったが、特にお咎めなしということで、俺は文化祭に参加できることになった。

教室に入ると、ほんのわずかだが、空気が変わっているのを感じた。

探るような雰囲気。

よそよそしいというほどではないが、文化祭に向かって一致団結していたあとだからこそ、微妙な距離感を察知してしまう。

俺が仲が良いと思っているやつらが、心配しているように見せかけて、どこかうれしそうに昨日のことを訊いてくる。

「だから、ちょっと調子悪くて、早退したんだって」

俺がトラブルに巻きこまれているのを本気で心配しているのではなく、他人の不幸は蜜の味という感じで、内心では楽しんでいるように思えるのは考えすぎだろうか。いつもつるんでいるからこそ、相手の考えそうなことが読めてしまう。グループ内でのポジショニング。誰かが凋落すれば、その分、自分にとってはチャンスとなる。

「自宅謹慎とか、どこからそんな話が出てんだ？　田淵が怪我したのは、全然、俺とは無関係だから」

その田淵は今日も欠席のようだ。

傷は縫うほどではなかったと、昨夜の電話で担任は母親に話していたそうだが……。

森せつなのところに行って今日の段取りを確認してから、美術部の女子たちに声をかける。

「廊下の絵、修復したことで、逆に芸術っぽくなったっていうか、インパクトが強くなったよな」

せっかく話しかけたのに、反応はいまひとつだった。弘田花音のまなざしから、熱っぽさが消えていることに気づく。盲目的な恋愛状態から、冷めつつあるのだろう。

あの写真が広まったときから、こういう流れは予測できていた。

こういうのが嫌だから、自分を好きな女子なんかとは、つきあいたくないんだ。

一方的に理想を押しつけられ、少しでも期待にそわない行動をすれば、幻滅される。

恋愛なんか面倒なだけだ。

改めて、そう思う。

そんなとき、結城あおいが俺のほうを見た。

「よかった、来てくれて」

ニュートラルな声。

笑みを浮かべてさえいない。

どうせ、俺がいたほうが自分の負担が減るから、結城あおいはそう言っただけだろう。

深い意味なんかないことは、わかっている。

なのに、浮かれてしまう自分が嫌になる。

好きだなんて、絶対に認めたくない。認めたら、負けだ。そう思いつつ、もう、認めざるを得なかった。

好きだ。

すとんと、落ちてしまう。

自分の精神状態に、俺はひたすら戸惑うしかなかった。

22

ああ、この空気、知ってる。

九條くんが教室に入ってきたとき、私は肌がぴりぴりするのを感じた。

私がこの世でなによりも苦手なもの。

疎外感。

仲間はずれ。

九條くんが傷ついているのが、わかった。あの九條くんが？　べつに無視されたり、あからさまに嫌がらせをされたりしているわけじゃない。こんなことくらいで傷つくとは思えないし、本人だって平気なふりをしている。

気のせいかもしれない。

でも、私は彼に中学時代の自分を投影してしまったのだ。

こういうのは、嫌だ。

どうにかしたい。

でも、私になにができるというのか。

結城さんが、九條くんになにか話しかけている。

そのあと、私のところにやって来た。

「そろそろ、兄が来るから」

そっと耳打ちするように言われたので、どきりとしてしまった。

そう、今日一日、私は結城さんのお兄さんとふたりきりで、文化祭をまわらねばならないのであった。

「ほんと、うちの兄、変なやつだから、びっくりしないでね。ま、八王寺さんなら、だいじょうぶだと思うんだけど」

結城さんに連れられ、教室を出ていく。

「どうして、私ならだいじょうぶだと思うの？」

「うーん」

少し首を傾げたあと、結城さんは答えた。

「直感？　なんとなく、そんな気がする」

結城さんがそこまで私を買ってくれる理由がわからない。

友達なら、ほかにもたくさんいるだろうに。よりによってこの私にわざわざお兄さんを紹介しようだなんて、酔狂なことだ。

そんなことを考えながら歩いていたら、結城さんが言った。

「自分を持っているから、かな」

私の疑問を結城さんは考え続けてくれていたようだ。

「八王寺さんは、安定している。自分の欠けているものを、他人で埋めようとしないでしょ？　そういうところを私は信頼しているんだと思う」

「ええっ？　私なんか欠点だらけなのに。むしろ、劣等感の塊っていうか」

「そうやって欠点だらけだって自覚して、生きていけるって、すごいことだよ」

ほめられているのか微妙な言葉ではあるが、結城さんに言われると悪い気はしない。

結城さんに指摘されたとおり、私は欠落したままで、生きていくのだろう。

魂の片割れ。失われた半身。ベターハーフ。恋愛小説を読んでいると、そんな言葉が出てきたりするが、物語として楽しむことはあっても、我が身がそれを求めることはない。

「あ、いた。あれが、うちの兄」

校舎から出たところで、結城さんがひとりの男性を指さす。

結城さんのお兄さんは、写真で見る以上に存在感があった。

人目を引く美形であるだけでなく、その奇抜なファッションセンスでも、他を圧倒している。洋服には興味がない私ですら、ベニテングタケ柄のシャツに、黒と黄色の縞(しま)模様の細身のパンツを合わせるというコーディネートが、上級者向けだということは理解できた。柄オン柄で、自己主張の激しすぎる服装なのだが、結城さんのお兄さんは見事に着こなしていた。

「こちらが八王寺あやさん」

紹介を受けて、目を合わせる。

「結城光太郎です。いつも妹と仲良くしてくれて、ありがとう。今日はよろしく」

にっこりと微笑まれて、胸を撃ち抜かれたかというほど、どきりとした。

「あ、いえ、こちらこそ……」

かかか、かっこええやないか！

思わず、似非関西弁でシャウトしてしまう。もちろん、心のなかだけで。

光太郎さん、というのか。

まばゆいほどの美形さんにふさわしい名前である。

普段、男性を下の名前で呼ぶ習慣はないが、いちいち結城さんのお兄さんと言うのも煩雑なので、光太郎さんと呼ばせてもらうことにしよう。もちろん、心のなかだけで。

光太郎さんの全身をじろじろと見て、結城さんが眉をひそめる。

「なに、その恰好。ちゃんとした服で来てって言ったのに」

「だから、気合を入れて来たんだけど」

光太郎さんは両手を広げて、パリコレのモデルみたいにポージングしてみせる。

結城さんの眉間のしわがますます深くなる。

「まあ、いいや。あのみょうちくりんな帽子を被ってないだけ、今日はまだマシか」

軽く息をついたあと、結城さんは私のほうを見た。

「そういうわけで、八王寺さん。うちの兄、よろしくお願いします。あとで、うちのクラスに来ると思うんだけど、そのとき、あたしは他人のふりをするから、八王寺さんも気にしないで」

「うん、わかった」

「じゃあ、お兄ちゃん、くれぐれも八王寺さんに迷惑をかけないように」

釘を刺しておいてから、結城さんは教室へと戻って行く。

光太郎さんのことを「お兄ちゃん」と呼ぶ結城さんは、いつもよりも幼い感じがして、なんだか可愛かった。

結城さんのすがたが見えなくなった途端、心細さに胸の奥がきゅっとなる。

ほとんど見ず知らずといっていい年上の男性とふたりで残されるなんて、コミュニケーション能力についての自信が皆無である私としては、どうしたらいいのか、さっぱりわからない。

「妹が、おかしなことを頼んで、すまないね」

苦笑まじりに言って、光太郎さんがこちらをうかがう。

真正面から見つめあうかたちとなった。

目鼻立ちがくっきりして、よく似た兄妹だ。

結城さんを男性にしたら、こんな感じになるのだろうと、しっくりくる。

「あの、いえ、問題ないです」

超絶美形のお兄さんの実物と出会っても、舞いあがらないように気をつけよう、平常心を保とうと思っていたのだが、無理な相談であった。

ドキドキが止まらない。

こんなふうにわかりやすく胸がときめくなんて、自分でもびっくりだ。

さっき会ったばかりなのに。

美形、侮りがたし！

好みのどまんなかである男性を目の前にして、心臓の調子がおかしくなってしまうのは、自然の摂理みたいなものだろう。

おいしそうな食べ物を見て、おなかが鳴ったり、唾が湧いたりするのとおなじような反応だ。

「妹が、僕に自分の友達を紹介するなんて、初めてのことだから驚いたよ。八王寺さんのこと、よほど信頼してるんだね」

声もまた、私のツボを突いてくる。

透明感のある声というか、ちょっと揺らぎのある感じがたまらない。

「妹は、僕のこと、なにか言っていた？」

「えっと、その、変わったひとだと……」

「ふふっ、そっか。自分では、そんなにおかしなつもりはないんだけどね」

ふふって！　そんなふうに優しげに笑う男性なんて、初めて見たよ。

それにしても、このひと、さっきから「妹」って言いすぎじゃないだろうか。改めて考えてみると、大学生にもなった兄が、高校生の妹の文化祭を見に来たりするのって、どうなんだろう。シスコン……という単語が頭に浮かんだりして、それもまた私好みの属性だったりするので、ますますテンションがあがる。

「八王寺さんは、どこか見たいところある？」

文化祭のパンフレットを広げて、光太郎さんが質問する。

名前を呼ばれ、びくりとした。

「お任せします。私は昨日の時点で、見たいところはもうまわったので」

「そう？　なら、僕はまず、なにか食べたいな」

光太郎さんが歩き出したので、私もそれに続く。

「本が好きなんだってね」

私についての話なのだと理解するまでに、数秒かかった。

いきなり話題を振られて困ってしまう。

民族衣装を身につけた生徒たちが、こちらをちらちら見ながら通りすぎていく。

「本が好きだから、図書委員をしているのです」

会話の間合いがおかしかったかもしれないが、とりあえず返事をしてみた。

「僕も本が好きだよ」

返事のタイミングがずれていたのは自覚していたのに、光太郎さんは当惑した様子もなく、ふつうに会話を続けてくれた。

「ウンベルト・エーコとジャン＝クロード・カリエールの対談がまとめられた『もうすぐ絶滅するという紙の書物について』は読んだことある？」

「いえ、ないです」

「きっと、気に入ると思うな」

「ウンベルト・エーコなら『薔薇の名前』は読みました。修道院が舞台の話って、好きなんです」

「ヘッセの『知と愛』は？」

「大好きです！　ヘッセは初期のころの『車輪の下』とかは青臭くていまいちですが、『シッダールタ』あたりはかなり好きです」

「へえ、それは達観しているね」

「修道士モノならカドフェルシリーズもいいですよね。三島由紀夫に『夏子の冒険』という作品があるのですが、主人公が望まない結婚をするくらいならシスターになろうと思って修道院に向かうのに、結局、修道院にはたどり着かなくてがっかりでした」

話題が本のことになると、つい熱く語ってしまう。

やはり、光太郎さんのすがたは目を引くようで、その方面には疎い私ですらも、すれちがう女子たちが意識しているのがわかった。

廊下には動物の着ぐるみやらメイドやらが歩いているので、派手な服装というだけではさほど目立ちはしない。女子たちがあからさまに二度見してくるのは、光太郎さんの整いまくった顔立ちゆえだろう。

どこからかバターの甘い匂いが漂ってくる。

「クレープは好き？」

「はい」

「なら、買って来よう」

光太郎さんはすたすたと歩いていく。その後ろすがたを眺めながら、長い足だなあと感心する。

毒キノコと、警戒色。

黒と黄色のストライプは、危険だと知らせている。

ファッションが自己表現なのだとしたら、光太郎さんは他者からどのように見られたいのだろうか。

「チョコバナナと生クリーム苺（いちご）、どっちがいい？」

光太郎さんが振り返り、両手にひとつずつクレープを持って、こちらへと戻って来る。

「苺のほうが好きです」

「はい、どうぞ」

「あの、お金を……」

財布を取り出そうとするのを、光太郎さんが押しとどめる。

「いいから、いいから。早く食べないと、クリーム、落ちそうだよ」

そう言われてクレープを見ると、おかしな向きで持ったせいで、中身がこぼれそうになっており、慌てて、かぶりついた。

光太郎さんもむしゃむしゃと自分のクレープを食べていて、代金についてはうやむやになってしまった。

腹ごしらえをしたあとは、鉄道研究会のジオラマ模型を見たり、囲碁将棋部で大人げなく圧勝したりと、光太郎さんは気ままに文化祭を楽しんでいるようだ。

素敵な男性と文化祭をまわりながら、私はなぜか、中学時代に読んだ『夜と霧』という本を思い出す。ユダヤ人の心理学者がナチスの強制収容所での体験をまとめた手記で、私はこの本を読んだことにより、精神の自由というものを知った。

みじめであることを選ぶのも、幸福であることを選ぶのも、自分である。

中学時代には、みじめであることを選ばないために、そう自分に言い聞かせた。

そして、いま、ひたひたと迫りくる幸福を前にして、もう一度、その言葉を心のなかでつぶやく。

「暗闇で朗読をするなんて、面白い企画だね」

いろいろと見てから、クラス企画へと案内する。

教室の前にはつぎの朗読を待つ客たちが数人、待っていた。私と光太郎さんも最後尾へ並ぶ。私たちの前にも、男女のふたり組が並んでいた。いかにも熱々カップルという感じで、しっかりと手をつなぎ、微笑みを交わしている。

きっと、このふたりはハッピーエンドの物語をお手本にして、人生を歩んでいるのだろう。

ひとは物語を読むことで、さまざまなことを学ぶ。

おとぎ話や恋愛小説や少女漫画などで、男女が結ばれてめでたしめでたしで終わる物語が繰り返し描かれ、そういうストーリーを刷り込まれることで、大多数のひとは

「こんな恋がしたい！」と思い、現実でもそのような文脈で生きていくのではないだろうか。

けれども、私は物語をあまりにもたくさん知りすぎていた。

私が心を打たれた物語には、男同士の恋愛もあれば、女同士の恋愛もある。人外との恋愛に感情移入をしたり、無機物との恋愛に涙したこともある。

読みごたえや意外性を求めるうち、規範となるような男女間のオーソドックスでベーシックでストレートな恋愛の物語からは、遠く隔たってしまった。

だから、光太郎さんへの気持ちに戸惑ってしまう。自分に普通の恋愛ができるとは思えない。

朗読を聴き終えたお客さんたちが、夢から覚めたばかりのような顔をして、教室から出てくる。スタッフに案内され、私と光太郎さんも、薄暗い教室に入る。

誰も座っていない椅子に囲まれて、結城さんのすがたがある。

結城さんはこちらをちらりとも見ないし、光太郎さんも声をかけたりはしない。

アイマスクをつけて、暗闇を歩く。

自分で準備をしたクラス企画に、お客さんとして参加するなんて、妙な感じだ。

ほかに数人のスタッフがいるが、九條くんのすがたは見つからなかった。

結城さんの落ちついた声が、ぞくりとする物語を静かに読みあげていく。

ひととき、夢幻の世界を堪能して、ふたたび、現実へと戻って来る。

「どうでしたか？」

教室から出たあと、なにも話さないのも気づまりかと思って、私は光太郎さんに訊ねてみた。

「もう少し、声に表情があってもよかったと思うな。僕なら、もっと雰囲気を出せるね」

結城さんと張り合うような意見が返って来たので、光太郎さんの新たなる一面を見た気がした。穏やかそうに見えて、負けず嫌いなところもあるのだろうか。

廊下をばたばたと走って来る人影があった。

「助けて、八王寺さん！」

おなじ図書委員である二年生の原先輩が、一直線に私のほうへと向かってきた。

「どうしたんですか？」

まわりのことはお構いなしに、原先輩は私にすがりつく。

「私の代わりに、ビブリオバトルに出て欲しいの」

「なんでですか？」

「おなか痛いから。ううっ、冷えた……。でも、宇治金時とトルコアイスのどちらかを選ぶことなんて、私にはできなかったのよ！」

自分の腹部をさすりつつ、原先輩は恨めしげな声で言う。

「そういうわけだから、図書委員の威信にかけて、ビブリオバトルに出場して、見事、チャンプ本に選ばれて」

出場するだけじゃなく、勝つことまで求めるとか、原先輩、ハードル上げすぎである。

「いや、無理ですから」

そう言って、ちらりと光太郎さんを見あげた。

「私はこのあとも、文化祭を案内しなければなりませんので」

私の視線に気づいて、原先輩もそちらを見あげ、面食らったような顔をしている。かたわらにいる美形の男性が、私の連れだとは思いもしていなかったのだろう。

にこやかに光太郎さんが口を開く。

「ビブリオバトル？　面白そうだね。僕も見たいな」

原先輩は一旦停止したあと、私を廊下の端に引っ張って、小声で言った。

「ちょいとちょいと、なんで、あんなかっこいいひとといっしょなの？」

「諸般の事情がありまして」

「ああ、めっちゃ、気になる！　でも、いまは問い詰めている場合じゃない……」

青ざめた顔で、原先輩は腹部に手を当てている。

「テーマは『伝える』で、私が紹介しようと思っていた本はあるけど、八王寺さんが好きな本を選んでくれてもいいし。持ち時間はひとり五分で、人数とか時間配分とかの都合もあるから、欠場すると迷惑かかるし、お願い！」

原先輩は私の手に「ビブリオバトルのしおり」と書かれた紙を無理やり押しつけた。

「あ、やばい。もう、無理っぽい。じゃっ、八王寺さん、あとは任せたから！」

言うが早いか、原先輩はくるりと背を向けて、走り去ってしまう。向かった先は、たぶん、トイレだろう。

原先輩と入れ替わりで、こちらにやって来たのはアリサちゃんだった。

「あやたん！　あ、ちょうどいいところで会えた。これ、このあいだ借りた本。ありがとう！」

アリサちゃんは重そうな鞄から一冊の本を取り出す。

「すっごく面白かったよ！　急いでるから、感想はまた今度、ゆっくりね」

どこかへ向かっている途中だったらしく、本を返すと、アリサちゃんは慌ただしく去って行く。

私の手に戻ってきた本。

それは、まさに、このビブリオバトルのテーマにふさわしいものだった。

伝えたいこと。

物語が、ひとびとに、影響する。

「シンクロニシティだね」

にっこりと笑って、光太郎さんが言った。

いま、ここで、私がこの本を手にしていることに、意味があるのだというのなら……。

23

ミスターコンテストは、生徒会主催の企画として、文化祭の最後に行われる。参加者である俺は準備などもあるので、少し早めに体育館へと向かった。

そこで、八王寺を見つけた。

派手な服装の男と、並んで歩いている。会話を交わす様子は、どことなく親しげだ。

八王寺のくせに、男連れとは生意気な……。

しかし、八王寺に限って、彼氏という可能性はないか。親戚とかだろう、きっと。

体育館のステージでは、ハンドベルの演奏が行われている。どちらかというと地味な演目なので、お客さんは少ない。

八王寺たちはステージを見に来たわけではないようで、観客席には行かず、ほかのクラスのだれかと話しこんでいた。

いつだったか、八王寺に言われたことを思い出す。

――結城さんを好きになっても無駄だっていうこと、薄々、気づいているんでしょう？

八王寺の言葉にイラついたのは、それが図星だったからかもしれない。

本気で好きになるつもりはなかった。

結城あおいが、俺のことを好きになる、という展開を望んでいたのだ。俺は無駄なことなんかしたくない。片思いなんて、みっともない。

八王寺の言うとおり、こっちが一方的に好きになっても無駄だ。

だから、俺はどうにかして、この気持ちを消してしまいたかった。

体育館の一角に、ミスターコンテストの出場者たちが集まっていた。部長のすがたを見つけ、俺もそちらへと近づいていく。

「おお、九條、やっと来たか」

「すみません。クラス企画のほう、ぎりぎりまで手伝いたかったんで」

部長には自己アピールでまわし蹴りを見せる際に、板を持つ役をしてもらうつもりなのだ。

「怪談の朗読だっけ？　俺も見に行ったけど、結構、並んでたから、入らなかったたんだよな」

「今日のほうがお客さんは多いみたいですね、やっぱ」

そんな話をしていたら、生徒会の役員がやって来た。

ほかの部活の出場者たちも、ほぼ全員そろっている。

テニス部からは田淵が出る予定だったが、今日は欠席である。代理の出場者がいるのかなど少し気になりつつも、藪蛇(やぶへび)になってもなんなので、あえてなにも訊ねないでおく。

「リハでやったとおり、上手でスタンバっておいてもらって、司会が紹介したら、順次、ステージ上で自己アピールとなりますので」

生徒会の役員が、ステージを示しながら改めて説明する。

ステージ上ではハンドベルの演奏が終わり、次の演目のための準備が始まっていた。

「時間がオーバーしないように気をつけてください。特に変更点などはないのですが、質問があればどうぞ」

早口で言われ、俺たちは首を横に振る。

「次のステージが終わったら、案内の放送をかけるので、それまでは自由にしてもらってだいじょうぶです」

「なんか、手伝いましょうか？」

ぼんやり立っているのも能がないので、そう申し出る。

「ありがとう。でも、いまのところ、手は足りてるかな。とにかく、時間が押すのが一番困るんで、近くで待機しておいてください」

そう釘(くぎ)を刺され、俺と部長は素直にその場で待つことにした。ほかの出場者たちも、勝手にどこかへ行ったりはしない。

ステージのほうに目を向けると、司会の女子の声が響いた。

「それでは、ビブリオバトル、スタート！」

ひとりの年配の男性が、ステージ上に立っている。誰かの保護者だろうか。

「今日、私がみなさんにおすすめしたいのは、この本です」

そう言って、男性は手に持った本を掲げた。

「ああ、これがビブリオバトルか」

俺とおなじ方向を見て、部長がつぶやく。

「さっき、一年の子からチラシをもらって、ぜひ投票に参加してくださいって言われたんだよな」

部長の手には「ビブリオバトルのしおり」と書かれた紙があった。

「参加者が五分の持ち時間で本の紹介をして、どれが読みたくなったかというのをお客さんが投票するらしい」

「はあ、そうなんですか」

男性の背後にあるプロジェクターには、紹介している本の画像と、数字が映し出されていた。数字は持ち時間のようで、カウントダウンされていく。

本といえば八王寺だが、あいつはこういう場に立つことはないだろうな、と思った。表舞台に出ることを望まず、自分の意見を主張することを好まず、ひとりでひっそりと読んでいるタイプだ。

そんなふうに考えていたのに、最初の男性が退場したあと、まさに本人がステージ上に現れたので、俺はかなり驚いた。

ステージの上で、八王寺が口を開く。

「こんにちは。文化祭もたけなわですね。みなさん、お祭り騒ぎを楽しんでいますか？」

そう言うと、八王寺は聞き手の反応を確かめるように、観客席をぐるりと見渡した。

「実は、私はお祭り騒ぎが苦手で、本来なら、ひとりで黙々と本を読んでいることを好む人間なのです」

八王寺の言葉に対して、観客席には共感するような笑い声がちらほらと響く。

へえ、うまいもんだな。

滑舌も悪くないし、堂々としていて、声がよく通る。意外だ。人前で話したりするのは苦手だろうと思っていたのだが、緊張している様子は感じられない。

「しかし、今日はビブリオバトルに出場することになり、こうしてみなさんの前に立っています。それもこれも、本当はこの場に立っているはずだった原先輩が、アイスの食べ過ぎで、おなかを壊してしまったせいなのです」

さっきよりも大きな笑い声が広がり、観客が八王寺の話に引き込まれているのが伝わって来た。

真面目なのか、とぼけているのかわからない八王寺の語り口には、妙な面白さがある。

「最初、私はビブリオバトルになんて出場する気はありませんでした。図書委員をしているくらいなので、本を読むことは大好きです。けれども、だからこそ、ビブリオバトルに出るのは気が進まなかったのです」

八王寺はビブリオバトルについて語っていて、なかなか本の紹介に入らない。

それがかえって、観客の興味を引いているようだ。

「だって、自分の好きな本を紹介したのに、選ばれなかったりしたら、つらいじゃないですか！」

ぐっと拳（こぶし）を握って、八王寺は語気を強めた。

「私にとって、本は自分の一部みたいなものなのです。自分の紹介した本が選ばれないというのは、自分を否定されるのとおなじこと。とっても思い入れのある本を紹介して、でも、それがチャンプ本に選ばれなかったりしたら、ショックで、耐えられない。そう思っていたからこそ、ビブリオバトルに出場する気はありませんでした」

八王寺の言葉を聞いて、またしても意外な一面を知る。

こんなに負けん気の強いところがあるとは知らなかった。

いや、意外もなにも、そもそも俺はべつに八王寺と親しいわけではなく、あいつのことを深く知りはしないのではあるが……。

「けれども、私は気づいたのです」

間を置いたあと、八王寺は口を開く。

「たとえ、誰かに選ばれようと、選ばれまいと、私がこの本を好きだという気持ちに変わりない。それよりも、文化祭を盛りあげたい！　だから、私はおそれず、勇気を持って、自分の大切に思っている本を紹介しようと決めました」

そして、八王寺は一冊の本を掲げる。

「私が今日、みなさんにご紹介したいのは、アーノルド・ローベルの『ふたりはきょうも』という本です」

表紙には、地味な色合いで、二匹のカエルが描かれている。

その本を見て、俺はなんだか懐かしいような気持ちになった。

これ、知っているかも……。

「アーノルド・ローベルは、がまくんとかえるくんが出てくる物語を四作、書いています。『ふたりはともだち』から始まり、『ふたりはいっしょ』と『ふたりはいつも』のあと、この『ふたりはきょうも』で最終巻となります」

手に持った本をよく見えるように観客席の端から端まで向けてから、八王寺は言葉を続けた。

「茶色でずんぐりしたがまくんは、どちらかというとマイペースで、ちょっとわがまま、天然なタイプ。緑色ですらりと背の高いかえるくんは、しっかり者で、優しくて、友達思いです」

八王寺の説明を聞いて、記憶が揺さぶられる。

保育園。母親との別れ。心細さ。絵本を読み聞かせてくれる先生の優しい声……。

「このシリーズは、一冊のなかに五編の物語が描かれています。たとえば、一作目の『ふたりはともだち』に収録されている最後のエピソードは、こんな話です。ある日、がまくんが玄関の前に座って、悲しそうにしていました。かえるくんが、どうしたのかと訊ねると、がまくんは言うのです。お手紙を待つ時間になると、とても不幸せな気持ちになる。なぜなら、一度も誰からもお手紙をもらったことがないから、と。そこで、かえるくんは大急ぎで家に帰ると、がまくんにお手紙を書いてあげるのです」

観客席から「あっ……」というつぶやきが漏れた。

その反応を見て、八王寺は満足げに微笑む。

「この『おてがみ』という話は、小学校の教科書に載っていたりもするので、ご存じの方もいるかもしれませんね。しかし、がまくんとかえるくんの物語が四冊も出ているということは、あまり知られていないのではないでしょうか。こんなに素敵な物語なのに、続きを読まないなんて、絶対にもったいないです！」

熱意のこもった八王寺の言葉に、またしても観客席から笑い声が響く。あたたかな笑い声。過剰なまでの八王寺の本への思い入れは、この場では好意的に受け止められているようだ。

「このシリーズの魅力は、ほのぼのとして、ユーモラスで、心があたたかくなるところです。かえるくんがお手紙の配達を頼んだ相手が、よりによって、かたつむりだったので、何日も届かなかったりして……。くすりと笑えて、しみじみ幸せな気持ちになれる物語が、たくさんつまっている本なのです」

愛おしげに本を見つめてから、八王寺はふたたび、観客席のほうを向いた。

いきなり、なにを言い出すんだ、あいつ……。

「私の両親は離婚しています」

「物心つく前から、両親は喧嘩ばかりしていました。お互いをけなして、争い、傷つけ合うふたりの大人を見ながら、私は育ったのでした」

　シビアな生い立ちを話す八王寺に、観客席はしんと静まり返る。

「そんなある日、私は保育園で、がまくんとかえるくんのふたりに出会ったのです。

最初は、先生が読み聞かせてくれました。すっかり気に入った私は、そのあとも、何度も何度も、自分で読みました」

　昔のことなんて、思い出したくもない。

なのに、記憶の扉が開いてしまう。

ああ、知っている。

その場に、俺も、いた。

「誰かと仲良くするということ。がまくんとかえるくんの物語を通して、私は人間関係の基盤ともいうべきものを知りました。もし、現実の世界しか知らなければ、私は『愛』というものを信じることはできなかったでしょう」

愛！

だから、なにを言っているんだ、あいつは。

気恥ずかしくて、まともに聞いていられない。

やめろよな、ほんと。

自分語りだけでも痛いのに、愛とか……。

だが、八王寺は真顔で話を続ける。

「相手を好きだと思う気持ち。相手を大切に思う気持ち。相手を思いやる気持ち。そういうものを、現実の世界では知ることができなかったけれども、物語の世界では見つけることができたのです」

子供のときの気持ち。

八王寺はそのころ、愛なんて知らなかったのかもしれないが、俺は逆だ。

知りすぎていた。

自分でもどうしようもなくて、気持ち悪いくらい、好きで好きで好きでたまらなかったのだ、母親のことが。

離れるのが、耐えられなかった。

俺の、弱さ。

やっかいな感情だ。

思い出したくもないから、蓋をしていたのに……。

「さて、この『ふたりはきょうも』でも、がまくんとかえるくんは、ふたりでいっしょに凧揚げしたり、子供のときに経験した怖い話を語ったり、誕生日プレゼントを贈ったりと、仲睦まじく日々を過ごしていたのですが、最終話で異変が起きます」

八王寺の持っている本の表紙。

そこに描かれた二匹のカエルは、お互いを見ている。目配せをしている。見つめあっている。

言葉ではなく、目と目で通じ合う。

俺と八王寺にも、一度だけ、そんなことがあった。

思い出してしまう。

夕方の保育園。

あの日、あのとき……。

八王寺が、俺を見た。

俺も、八王寺を見た。

憐れまれているのが、わかった。

見下されている、と。

母親のお迎えを待っていた。

淋しがっている俺に、八王寺は目でこう語った。

めそめそして、馬鹿じゃないの？　人間なんて、みんな、ひとり。ひとりで生きていくしかない。ひとりで生きていけるんだよ。

ああ、そうだった。

それ以降、俺は泣かなくなったのだ。

「ここには五つの短編が収録されているのですが、『あしたするよ』『たこ』『がたがた』『ぼうし』と続いて、最後のエピソードは『ひとりきり』というタイトルなのです」

秘密を打ち明けるかのように、八王寺はそっとその言葉を口にする。

「ずっと、ふたりは仲良しだったのに、ここにきて、まさかの『ひとりきり』という展開。いったい、ふたりのあいだに、なにがあったのか……。そして、ひとりきりになったあと、伝えたいと思ったことは……。気になる方は、ぜひ、読んでみてください」

八王寺が言い終わると同時に、ベルが鳴った。

チンチーン。

持ち時間の五分が終了したようだ。

観客席からいくつか質問があり、それらに答えてから、八王寺は一礼して、ステージを去った。

そのあとにも、何人かが本の紹介をしていたが、話の内容はまったく耳に入って来なかった。

子供のころの記憶が、気持ちが、溢れ出して、奔流にのみこまれそうになる。ちがうんだ。

いまの俺は、もう、あのころとはちがう。

誰かを強く求める気持ちなんて……。

しばらくして、ステージ上に本を紹介した全員が並んだ。

八王寺のすがたもある。

司会の声に従って、観客たちがもっとも読みたくなった本に投票する。

俺は観客席にはおらず、投票する権利はないので、ただ見ているだけだ。

選ばれたのは、八王寺の紹介した本だった。

投票結果を受け、八王寺は本を胸に抱きしめ、ステージ上でぴょんぴょん飛び跳ねて、素直に喜びをあらわしていた。

もうすぐ出番なので、俺は準備に向かおうとする。

ステージから、八王寺が下りて来る。

そして、こちらを見た。

目が合う。

俺のほうを見ると、八王寺はうっすらと笑って、去って行った。

なんだ、あの表情。

勝ち誇ったような……。

いや、もっと、ぴったりな言葉を思いつく。

挑発、だ。

なぜだか知らないが、八王寺のその表情を目にして、俺はこう思ったのだ。

負けたくない！

24

「おめでとう」

やるべきことを終わらせ、ステージから下りると、光太郎さんが拍手をしながら出迎えてくれた。

途端に、かあっと顔が熱くなり、頭が真っ白になる。ステージの上で話していたときには、まったく平気だったのに。

「あ……、ありがとうございます」

全部、聞かれていたんだ。

本を紹介するつもりが、気がつくと、子供のころのことまでべらべらと喋(しゃべ)っていた。

よくよく考えたら、恥ずかしすぎる。

でも、光太郎さんがいたからこそ、私はビブリオバトルに出場しようと思ったのだ。

光太郎さんと出会って、好意を持った。

以前は、こう思っていた。

自分のことは見られたくない。相手の視界に入りたくない。

なのに、気持ちが変化したのだ。

知ってほしい、自分のことを。

たとえ知ってもらったからといって、どうこうなるとは思わないけれど、それでも、伝えたくて……。

好きな本について語ることは、自分について語ることでもあった。

ほんの少し前の自分からしたら、信じられないような変化だ。

戸惑いつつも、変わることのできた自分が、どこか誇らしくもある。

「いいスピーチだったよ。とても興味を引かれた」

穏やかな笑みを浮かべ、光太郎さんがこちらを見つめる。

そのとき、どんっと背中に衝撃を感じた。

「おっと、悪い」

ひとりの上級生が、私を押しのけるようにして通りすぎていく。さっき、九條くんといっしょにいた先輩だ。

急いでいるらしきその先輩にぶつかられたおかげで、私は光太郎さんに寄りかかる体勢となる。

「だいじょうぶ？」

至近距離に光太郎さんの顔があり、気遣うようにのぞきこまれ、呼吸が止まるかと思う。

「はっ、はい！　全然平気です！」

私を支えるために、光太郎さんの手が背中に触れて……。

おそらく、今日が人生で最良の一日だ。

この青春の一ページを大切にして、私は余生を過ごそう……。

「感動したよ、八王寺さん！」

テンションの高い声が背後から聞こえ、私は素早く光太郎さんから離れて、そちらを振り向いた。

「いやあ、見事、チャンプ本に選ばれるとは、素晴らしい。やはり、私が見込んだ後輩だけあるわ」

そこに立っていたのは、私に厄介事を押しつけてトイレに駆けこんだはずの原先輩だった。

「ぶっつけ本番なのに、まったく緊張してないみたいだったし」

こちらに話しかけながらも、興味津々で光太郎さんのほうを見ている原先輩に、少しむっとしてしまう。

「見てたんですか？」

「うん、途中からね」

「おなかの調子は、もういいんですか？」

「おかげさまで、出すものを出して、すっかり元気になった。というか、これから文化祭のメインイベントなんだから、見逃すわけにはいかないでしょ」

原先輩は目を爛々と輝かせて、ステージのほうへと顔を向けた。

このあとはミスターコンテストがあるのだ。

さっき、九條くんとすれちがったのだが、私は結局、声をかけたりはしなかった。

私がなにも言わなくても、たぶん、彼はだいじょうぶだろう。

「下馬評では、九條くんが断然有利だったんだけど、あのキス写真と暴力事件疑惑が、かなりの痛手だよね。うーん、これは面白くなってきた。自己アピール、なにするんだろうね。八王寺さん、知ってる？」

楽しげに話す原先輩に、私はただ肩をすくめてみせる。

文化祭の準備のときに、九條くんが自己アピールのためにまわし蹴りの練習をしていたなんてこと、わざわざ教えてあげる必要もない。

「九條くんはイケメンであるがゆえに、女子人気は高くても、男子からは反感を買いがちなところがあるじゃない？　そこを自己アピールでどんなふうに演出してくるかで、結構、結果が変わってきそうだと思うんだよ」

どうでもいいけど、原先輩はいつまでここで話しているつもりなのか。

私はあえて原先輩の言葉には返事をせず、横にいる光太郎さんを見あげた。

「つぎ、ミスターコンテストなんですけど、見ていていいですか？」

「もちろん、構わないよ」

すると、原先輩がここぞとばかりに話しかけて来た。

「ねえねえ、八王寺さん、こちらの方は？」

ちらちらと様子を窺われるのも鬱陶しいが、こうストレートに問われるのも面倒だ。

結城さんが、他人のふりをすると言っていた以上、お兄さんの存在を喧伝するのは
よろしくない気がする。かといって、どう誤魔化せばよいのやら……。

「えっと、なんというか……」

困惑しながら、光太郎さんを見あげると、思いもしないような言葉が返って来た。

「友人、でいいんじゃないかな？」

光太郎さんの言葉に、耳を疑う。

友人？　私と光太郎さんが？

いつのまに、そんなことに……。

「八王寺さんとは話も合うし、僕は友人になれたと思っているけど」

原先輩はにやにや笑いを浮かべて、私と光太郎さんを見比べた。

「うーん、これが文化祭マジックか。いいなあ、私にも、出会い、転がってないかしら」

ぶつぶつ言いながら、原先輩は歩いて行く。

私はようやく、ほっと息をついた。

「緊張していないみたいに、見えました？」

唐突な質問にも、光太郎さんはすぐに答えてくれる。

「そうだね。落ちついてスピーチができているように見えたよ」

言おうか、やめておこうか。

黙ったままでいるのは、心苦しい。

だから、私は口を開く。

「私、ずるいんです」

不思議な気持ちだ。

光太郎さんには、なんでも言いたくなる。

告白、という言葉を思い浮かべる。

いわゆる愛の告白ではなく、罪の告白というか、懺悔(ざんげ)したくなるような気分。

「本当は、人前で話したりするの、苦手じゃないんです。子供のころから、国語の時間に音読をするのは、得意だったし。それに、中学のとき、職場体験で、朗読のボランティアをしたこともあるんです」

光太郎さんと目を合わせることはできず、うつむいて、私は話す。

「なのに、文化祭の企画で、朗読の係を決めるとき、自分に経験があるっていうこと、黙っていました」

「それが、ずるいこと？」

「ずるくないですか？　だって、本当のことを話さないで、朗読の係を結城さんに押しつけたんですよ」

結城さんが朗読の係に決まったあとも、仕事の一部を負担することだってできたかもしれないのに、私は黙ったままでいたのだ。

「妹は気にしていないと思うけど」

「朗読の係は、私なんかより、結城さんがやるほうが絶対にいいと思ったんです。でも、結城さん本人はあまりやりたいと思っていなかったみたいなのに」

「あの子は、基本的に、どんなことでも自分からやりたいとは思わないんじゃないかな。むしろ、役割を与えられるのを好む傾向がある」

「え？　そうですか？」

私の知っている結城さんの人物像からは、そういうふうには思えなかった。

「誰しも、居場所があって、役に立つことを喜びと感じるものだからね。八王寺さんが気に病む必要はないよ。押しつけられたことをやるかどうかは、本人の課題だ」

きっぱりとした口調で、光太郎さんは言った。

そうこうしているうちに、ミスターコンテストが始まった。

どんどん観客が集まって、さっきまでとは比べものにならないほど、体育館は熱気に満ちている。

生徒会長の仕切りで、運動部の一年生男子たちがステージ上に現れて、次々に自己アピールを行っていく。

みんな、ミスターコンテストに出るだけあって、潑剌(はつらつ)として、自信に満ちあふれ、楽しそうだ。観客たちもきゃあきゃあと歓声をあげている。

自分とは無縁のきらきらした世界のひと。

バスケ部からの出場者として、九條くんがステージの中央に立つ。

九條くんはひとりだ。

そばには、誰もいない。

「どうも、バスケ部の九條潤です。みんな、自己アピールの特技、すごいっすよね。俺も、本当なら、ここで、ちょっとした芸を披露しようと思っていました」

マイクを手にして、九條くんは言う。

「でも、気が変わりました。自己アピールとして、いま、ここで、俺が、もっとも、やりたいことをやってみようと思います」

そう言うと、九條くんはステージから、ひょいっと飛びおりた。

観客席にざわめきが広がる。

なんだ、なんだ？　なにをするつもりだ？

私も好奇心を抑えきれない観客のひとりとなり、成り行きを見守る。

九條くんはすたすたと歩いて行く。

集まったひとびとが道を空けて、モーゼの海割りみたいな感じで、九條くんは一路、目指すところへと進む。

そこには、結城さんのすがたがあった。

かたわらにはバスケ部の先輩がいて、意味深な笑みを浮かべ、九條くんにうなずく。

さっき、あのバスケ部の先輩が急いでどこかに向かっていたのは、結城さんを連れてくるためだったのだろう。

九條くんはまっすぐに、結城さんを見た。

「結城あおいさん！」

体育館の四隅まで響きそうなほど大きな声で、その名前を呼ぶと、九條くんは言った。

「好きです！」

衆人環視のもと、愛の告白をして、九條くんは片手を差し出す。

「俺とつきあってください！」

まるで映画のワンシーンみたいだ。

観客たちは固唾をのんで、ふたりに注目している。

目の前で繰り広げられている告白劇。

こんなふうにお膳立てされ、周囲からもドラマチックな展開を期待されたら、断りにくいだろう。

そこまで計算に入れて、こんな行動を取ったのだとしたら、なかなかの策士だ。

でも、無理だろうな、と思う。

結城さんは流されない。

思ったとおり、告白劇の結末はハッピーエンドにはならなかった。

「ごめんなさい」

結城さんは断りの言葉を口にすると、ぺこりと頭を下げる。

九條くんの顔には、そんなに悲しげな表情は浮かばなかった。

一瞬、ふっと満足げな笑みさえ、浮かんでいた。

「うおおおおっ、振られたあ！」

大声で叫び、ステージの上へと駆け戻る。

「九條潤、人生初の告白に、見事、破れました！」

すがすがしいまでの敗北宣言に、笑い声が広がる。

「俺って、こんなやつです。以上、自己アピールでした！　どうか、この哀れな振られ男に、清き一票を！」

九條くんがステージで一礼したあとも、やんややんやの大騒ぎだった。

私は少なからず、驚いていた。

あのプライドの高い九條くんが、こんな行動に出るなんて……。

聡明で他人の気持ちを推測できる彼なら、結果は見えていたはずだ。告白なんかしても、成功するわけがない。大勢の人間の前で振られるすがたを見せるなんて、彼にとってはもっとも屈辱的な行為ではないだろうか。

そこで、気づく。

彼もまた、変わったのだ。

私がビブリオバトルに出場したのと、おなじ変化。

ちっぽけな自分を守ることをやめた。

結果なんて二の次で、それよりも文化祭を盛りあげたいと思ったのだろう。

やがて、投票の結果が発表される。

三位にテニス部の田淵くんが選ばれるとは、誰が予想したであろうか。

今日、欠席した田淵くんは、代理として部長さんが手紙を朗読したのだ。文化祭に参加できなかったのがどれほど残念かということが切々と綴られた手紙が功を奏して、同情票をかなり集めたようだった。

二位は、素晴らしいピアノの腕前を披露したサッカー部の古賀くんだった。森さんの彼氏という噂のひとである。

そして、見事、一位になったのが、我らが九條くんだった。

祭りのあと。

光太郎さんが帰るのを見送ってから、私は片づけを手伝うため、自分の教室へと向かう。

廊下を歩いていると、九條くんを見つけた。

「優勝、おめでとう」

光太郎さんから声をかけてもらってうれしかったように、私も九條くんにお祝いを言う。

すると、九條くんはどこかまぶしそうに目を細めて、不敵な感じで笑った。

「そっちこそ」

それから、片方の手を高々とあげて、こちらに目配せする。

彼がなにを行おうとしているのか、すぐに気づいた。
ハイタッチ。
存在は知っていたけれど、自分が実際に行うことは絶対にないだろうと思っていた。
それを、いま、やってみる。
私の手のひらと、九條くんの手のひらが、一瞬だけ触れ合う。
お互いの健闘を称えんとして、私たちは高くあげた手のひらを打ち鳴らす。
パシッ！
小気味いい音が、高らかに響いた。

解説

藤田香織（書評家）

大学の学園祭や、地元の「文化フェスティバル」的なものとはまた違う、中学・高校で経験したあの学校行事としての「文化祭」。あなたが当事者として、最後にそれを経験したのは今から何年前でしょうか。懐かしいね！　と、まだ簡単に思い出せる人もいれば、もはや忘却の彼方という人も少なくないでしょう。二〇一六年三月に単行本が刊行された本書『ふたりの文化祭』は、そんな青春の延長線にいる人も、ずいぶんと遠ざかってしまった人（私もです）も、そしてもちろん、今まさに、その真っ只中、という人も、それぞれの立場で楽しめる物語です。

舞台となるのは、県内でもトップクラスの進学校「神丘高校」。描かれていくのは、その、毎年十一月の最初の金曜・土曜に行われる文化祭で、一年一組のメンバーがお化け屋敷をアレンジし、怪談を朗読するという企画に向かって邁進する姿です。語り手を担うのは、成り行きで実行委員を譲られた、長身痩軀なイケメンでスポーツ万能、リア充代表のような九條潤と、三つ編み眼鏡の地味系で、好みのタイプは太宰治だという図書委員の八王子あや。今やまったく別の属性に生息している潤とあやですが、実はかつて同じ保育園に通っていて、ふたりは魂のおなじ場所に傷を持っている、というのがひとつ重要なフックになっています。

所属しているバスケ部の部長から、慣例で各運動部から一年男子がひとりずつエントリーすることになっているミスターコンテストに出場せよ、と命じられても自然に受け入れ、押しつけられた形でも躊躇うことなく中心となってクラスをまとめていく潤は、ある意味自分をよくわかっています。誰かに指示され動くのではなく、自分は場を仕切る側であり、友達も恋人も選ばれるのではなく、選べる立場であると思っていて、周囲もそう見ている。だからこそ、学校一の美少女と評される結城あおいに対して、つきあってもいいと思えるレベルは〈あえていえば、結城あおいぐらいだな〉などと傲慢な思いを抱いたりもするのですが、実際、彼がそういうポジションにいるのもまた事実。

一方のあやは、中学時代に虐められたこともあり、女子力勝負の舞台から降りて、特別目立つことがないように、自分の居場所を確保しています。〈真面目そうで、外見に無頓着で、恋愛市場での価値よりも己の趣味を重視するような女子〉であると見た鹿島アリサと仲良くなり、勉強の一点突破で人生を切り開こうとしている。恋愛も友情も本で疑似体験できると思い込もうとしていて、けれど、それが「逃げ」であることにも気が付いています。アリサや、女子の実行委員である森せつなに対する気持ちには、潤のそれとはタイプの違う傲慢さが見受けられ、正直、そんな主人公のふたりを、あまり好きになれないな、と感じた人もいるでしょう。

でも、それはむしろ当然です。本書は、そんな潤とあやが、文化祭という一大行事を通じて自らの殻をうち破り、ひとまわり大きくなる過程を見せる青春成長小説。青春とは、いってみれば鼻持ちならない自意識がつきもので、ひたすら「いいヤツ」なんて逆に何らかの感情が欠落しているのではないかと心配になるというもの。屈託なくして成長あらず、ともいえます。と同時に、自分の嫌らしさに無自覚だった潤と、わかっていながら動けずにいたあや、という対比がまた巧い。作者である藤野恵美さんは、こうしたひとつの物事をちょっと捻って違う角度からも見せることが多く、読者としてはそこから気付かされることが、これまでにも何度もありました。

本書は『わたしの恋人』（講談社→角川文庫）、『ぼくの嘘』（同）とあわせて「青春三部作」となっており、大きな意味ではこの仕掛け自体が、神丘高校一年一組の生徒たちを多角的に描いている、ともいえます。文化祭実行委員として、九條潤をきっちりアシストするだけでなく、自分から進んで資料を提供したりアイデアを出したりし、あやを〈裏切られたような気持ち〉にした森せつなが心を開いたきっかけ。地味系男子代表のような風貌の笹川勇太が、結城あおいと親し気な理由も、潤にまったくなびかないわけも判明します。本書の作中、外見からはおよそ仲良くなりそうもない、あやとあおいが話している場面を見て、潤が〈このふたりの組みあわせも、アンバランスというか、落差が大きい〉などと思う場面がありますが、『ぼくの嘘』を読んでいれば不思議でもなんでもなく、むしろ頬が緩んでしまうはず。

対比という意味では、潤や勇太、あややあおいの容姿や性格だけでなく、個々の家庭の差異も地味に効いています。『わたしの恋人』では、夫婦仲が良すぎる両親と、いがみ合いながらも離婚しない両親。『ぼくの嘘』は、多忙な父親と専業主婦の母、本書ではシングルマザーという同じ状況ながらも、主人公たちは、まったく違う問題を抱えています。それが高校生に、なにも影響しないはずはなく、そうしたホームあっての性格形成であることを踏まえておくと、またぐっと物語の奥行が増すというもの。たとえ知らなくても、意識していなくても読ませる物語であるのに、知ればまた違う景色が見えてくるのです。

そして最後にもうひとつ。『わたしの恋人』と『ぼくの嘘』だけでなく、本書を読んだことで、気になる本がでてきた！と読書欲をかきたてられたみなさんへ。あやが朗読用に厳選したエドガー・アラン・ポー「黒猫」、W・W・ジョイコブズ「猿の手」、小泉八雲「耳なし芳一のはなし」、小川未明「赤い蠟燭と人魚」、夏目漱石「夢十夜」の第三夜や川端康成「片腕」は、ちょっと検索すれば絶版とかじゃなく、〈書店で入手可能なやつ〉が見つかります。個人的には〈ヤンデレ以外の何者でもないじゃん！〉〈常々、イエスは総受けだと思っていたんだよ〉とあやがアリサと盛り上がった太宰治の「駈込み訴え」が、そんな話だっけ⁉ と気になりつい Kindle でポチってしまいました。確かに、言われてみると「そんな話」でもあり、シリアスな物語なのにニヤニヤがとまらず、そうか、こんな楽しみ方もあったか、と思いがけぬ方向で太宰を見直したり。そうそう、アリサといえば、あやに貸した〈美形の文豪たちがバトルする漫画〉はアニメにもなった『文豪ストレイドッグス』（朝霧カフカ原作／春河35漫画／KADOKAWA）かと思われます（ちなみに太宰も登場しますが、私は福沢諭吉オシです。どうでもいいか！）。教科書常連で、ともすれば小難しく感じる昭和の文豪が身近に感じられる、これまた読書の幅を広げてくれることでしょう。

結城あおいが好きだったという『かいじゅうたちのいるところ』（モーリス・センダック著／じんぐうてるお訳／冨山房）や、潤が懐かしがっていた『おしいれのぼうけん』（ふるたたるひ／たばたせいいち著／童心社）。がまくんとかえるくんシリーズの最初の一冊『ふたりはともだち』（アーノルド・ローベル著／三木卓訳／文化出版局）は、いずれも一九七〇年代に出版された作品ですが、現在も普通に購入することができます。その気になれば、今すぐ手に取ることもできるし、自分の子供や孫が生まれ、絵本を探しているときに、思いがけず再会するお楽しみにとっておく、というのも素敵ですね。

既に『わたしの恋人』ではホラー映画、『ぼくの嘘』ではアニメの世界へ誘われた読者もいると思われますが、『ふたりの文化祭』ではここから読書の世界が縦横無尽に広がっていく。後にベストセラーとなった『ハルさん』（東京創元社→創元推理文庫）の文庫版あとがきで、藤野さんは自身の読書経験について語られています（未読の方のために詳細は記しませんが、既読の方もぜひもう一度読んで欲しい！）が、そこから伝わってきたのは、小説を書く事への覚悟と物語への信頼でした。

今の時代、小説を読まずして書くことは、特に珍しくはありません。私が長く読み続けているなかにも、ほとんど小説を読んだことがない、と自称する人気作家も少なからず存在します。けれど、藤野さんの児童文学、YAとジャンル付けされてきたこれまでの作品や、一般文芸のカテゴリーになる近著『ショコラティエ』（光文社）や雑誌「小説新潮」で連載中の「サバイバーズ・ギルト」を読むと、その根底に物語の力を実感として信じている書き手ならではの深味が感じられる。

物語は、ページを閉じて終わりではありません。今日、不思議に思ったことが、理解できないと感じたことが、時間の経過とともに「そうだったのか」と思える日が来ることもある。もちろん、分からないままのことだってあるけれど、どれだけ歳月が過ぎてもやっぱり分からない、と感じることもまた自分を知るきっかけになるのです。

ここから広がっていく。繋がっていく。願わくは、あやにとっての『ふたりはともだち』のように、いつの日かまた本書を読み返してみて下さい。

懐かしさと同時に、再読する楽しみを、成長する悦びを、いくつになっても体感できると確約します。

本書は、二〇一六年三月に小社より刊行された単行本を文庫化したものです。

ふたりの文化祭

藤野恵美

平成31年 2月25日 初版発行
令和6年 9月20日 再版発行

発行者●山下直久

発行●株式会社KADOKAWA
〒102-8177 東京都千代田区富士見2-13-3
電話 0570-002-301（ナビダイヤル）

角川文庫 21440

印刷所●株式会社KADOKAWA
製本所●株式会社KADOKAWA

表紙画●和田三造

●お問い合わせ
https://www.kadokawa.co.jp/ （「お問い合わせ」へお進みください）
※内容によっては、お答えできない場合があります。
※サポートは日本国内のみとさせていただきます。
※Japanese text only

ISBN 978-4-04-107202-8 C0193

◆◇◇

角川文庫発刊に際して

角川源義

第二次世界大戦の敗北は、軍事力の敗北であった以上に、私たちの若い文化力の敗退であった。私たちの文化が戦争に対して如何に無力であり、単なるあだ花に過ぎなかったかを、私たちは身を以て体験し痛感した。西洋近代文化の摂取にとって、明治以後八十年の歳月は決して短かすぎたとは言えない。にもかかわらず、近代文化の伝統を確立し、自由な批判と柔軟な良識に富む文化層として自らを形成することに私たちは失敗して来た。そしてこれは、各層への文化の普及滲透を任務とする出版人の責任でもあった。

一九四五年以来、私たちは再び振出しに戻り、第一歩から踏み出すことを余儀なくされた。これは大きな不幸ではあるが、反面、これまでの混沌・未熟・歪曲の中にあった我が国の文化に秩序と確たる基礎を齎らすためには絶好の機会でもある。角川書店は、このような祖国の文化的危機にあたり、微力をも顧みず再建の礎石たるべき抱負と決意とをもって出発したが、ここに創立以来の念願を果すべく角川文庫を発刊する。これまで刊行されたあらゆる全集叢書文庫類の長所と短所とを検討し、古今東西の不朽の典籍を、良心的編集のもとに、廉価に、そして書架にふさわしい美本として、多くのひとびとに提供しようとする。しかし私たちは徒らに百科全書的な知識のジレッタントを作ることを目的とせず、あくまで祖国の文化に秩序と再建への道を示し、この文庫を角川書店の栄ある事業として、今後永久に継続発展せしめ、学芸と教養との殿堂として大成せんことを期したい。多くの読書子の愛情ある忠言と支持とによって、この希望と抱負とを完遂せしめられんことを願う。

一九四九年五月三日

角川文庫ベストセラー